Anzelika Smirnova

[拉脱维亚]安泽 著（Anzelika Smirnova）

安泽老乡

江西教育出版社
南昌

图书在版编目(CIP)数据

老乡安泽 /(拉脱)安泽著 .—— 南昌:江西教育出版社,2020.7(2021.5 重印)

ISBN 978-7-5705-1746-6

Ⅰ.①老… Ⅱ.①安… Ⅲ.①散文集－拉脱维亚－现代 Ⅳ.① I511.765

中国版本图书馆 CIP 数据核字 (2020) 第 034459 号

老乡安泽

LAOXIANG ANZE

安　泽　著

江西教育出版社出版

(南昌市抚河北路 291 号　　邮编:330008)

各地新华书店经销

南昌市红星印刷有限公司印刷

850 毫米 ×1168 毫米　　32 开本　　8 印张

2020 年 7 月第 1 版　　2021 年 5 月第 2 次印刷

ISBN 978-7-5705-1746-6

定价:29.00 元

赣教版图书如有印装质量问题,请向我社调换　电话:0791-86710427

投稿邮箱:JXJYCBS@163.com　　电话:0791-86705643

网址:http://www.jxeph.com

赣版权登字 -02-2020-135

版权所有　侵权必究

自　序

我是一名常年生活在中国的外国人，2007年因"汉语桥"与中国结缘，自那之后，我对中国这片土地爱得深沉。我在这里完成学业，开创事业，深深感受到中国给予我的温暖。这些年，我走访过中国多个省市的乡村，目睹了中国乡村振兴的艰难历程和令人钦佩的成就。但不少外国友人对中国的了解存在概念化现象，对中国乡村更是知之甚少，我觉得要想更好地了解中国，就得走进中国乡村，吹吹乡村的风，触碰乡村的土，与当地村民交交心。有鉴于此，我想向世界重点展现中国乡村在振兴过程中步步攀升的脚印，用文字分享我对中国乡村的感情，用真实的事例、鲜活的故事讲述中国新农村建设取得的成就，让世界了解一个真实、立体而全面的中国。

我并非研究中国乡村振兴的专家，想要描述中国乡村的新面貌，对我而言不是一件容易的事，好在"我手写我心"，眼中所见，心中所想，笔下的文字便如水般自然流淌，倒也别有特色。

特色一：主题鲜明——讲述中国乡村振兴取得的成就以及中国农民在脱贫奔小康中展现的各具特色的发展道路。

本书以"中国美丽乡村"为叙述主线，通过生动、有趣的故事，将中国乡村的发展娓娓道来。从山谷里的世外桃源到昆虫的音乐摇篮，从守护初恋的地方到淘宝村……既有宏观视野，又有微观分析，一一展示了中国农村的新面貌，向世界讲述了中国农民在脱贫奔小康中展现的各具特色的发展道路。

特色二：视角独特——一名拉脱维亚人眼中的中国乡村新貌。

中国拥有世界五分之一的人口，是人口大国，也是农业大国，约有百分之六十的人生活在乡村。乡村兴则中国兴，乡村强则中国强，乡村美则中国美。作为一名拉脱维亚人，我深深地被中国乡村所吸引，李焕庄村涌动着的金色麦浪令我着迷，花瑶乡一片片梯田一层层绿的景色让我难忘，更有亳州那空气中弥漫着的中草药香……我眼中的中国乡村是多姿多彩的，发展途径是多种多样的。无论以怎样的方式走在乡村振兴的路上，中国乡村的风景都在一天天美起来，农民一天天富起来，一笔一画勾勒出一幅"产业兴旺、生态宜居、乡风文明、治理有效、生活富裕"的中国社会主义新农村画卷。

特色三：老乡情怀——用朴实的语言和真挚的情感来讲中国故事。

本书不是关于中国乡村振兴的理论读物，"讲好中国故事，传播好中国声音"，作为一名外国人，我只想用最简单朴实的语言打开中国乡村这扇门。小康社会是一个很有深度的概念，但实际上很简单，正如习近平主席所说："小康不小康，关键看老乡。"在此"老乡"指的不是老家在同一座城市的人。"国是我的国，家是我的家，家是最小国，国是千万家。"我觉得我们说到全面建成小康社会，"老乡"指的是生活在同一个国家的人。

关于中国乡村振兴，我没读过万卷书，但是走过万里路，最可贵的其实在于最后的一句"不如自己去悟"。一千个读者一千个中国乡村。愿用我的简单不复杂的文笔讲好中国乡村故事，触动更多的读者拿起这本书随我来聊乡村，聊中国。

近几年，中国与中东欧国家的合作不断升温。拉脱维亚比以往任何时候都更加关注中国，两国文化交流活动也日益频繁。在中拉文化交流中，我很荣幸能够奉献一份力量，用西方所能够理解、乐于接受的话语体系讲述中国乡村振兴故事,引导外国读者更加全面客观地认识当代中国新农村。2020年是中国全面建成小康社会之年,希望本书的出版,尤其是拉脱维亚语等语种的版本相继出版,为世界了解中国、了解中国乡村振兴取得的成就助一臂之力。

安泽

2020 年 3 月

目录

在那遥远的东方,有神秘中国 / 001

初次见面,你会与我想象的一样吗? / 005

时间仿佛定格在了"Made in China"时代 / 008

  误会啊!朋友们,都是误会 / 010

中国大地有什么? / 013

  大米帝国 / 015

  人从众? / 018

  必打卡之外——中国乡村 / 020

天津后花园的秘密 / 023

  改变,从走出第一步开始 / 032

  童话故事是真的,相信就会存在 / 037

  开创者 见证者 建设者 / 041

村庄的颜值担当,涌动着的金色麦浪——天津黄庄 / 045

  蔚蓝天空下是炎炎的夏日,外国小姐姐安泽正准备下地 / 047

  再见运动鞋,你好水田 / 049

勿忘本心,勿忘回来的路——湖南花瑶 / 056

你好,雪峰山 / 058

深山里的花瑶乡 / 061

自信来源于文化 / 068

前往守护初恋味道的地方——四川青神 / 072

叮!您喜欢的远方的味道已上线哦 / 074

椪柑,富了青神 / 082

一个连空中都弥漫着中草药香味的地方——安徽亳州 / 084

野花香,蝴蝶忙,安泽要再次下乡 / 086

为一些人和事付出是值得的 / 089

养生大厨与曹操鱼头 / 095

如果我不认真,眼眶就不会沉沦 / 102

一生,一村,一件事——云南那夺 / 107

艺术与乡村　可以门当户对 / 109

这比自己成功更有意义 / 123

缘在中国,甘愿奉献在心中——贵州惠水 / 126

英国大厨与"害羞辣" / 128

学刺绣的美国"大"学生 / 136

大爱无疆 / 142

不如一路向西,去大理 / 144

一路向西 / 148

大理的云,怎么看都不腻 / 153

且行且成长 携手媒介 / 162

慢综艺,乡村受益 / 166

回家乡:最爱的地方原来就在身边 / 170

谁说乡村不抖音 / 175

田野里的七月 / 180

种桃种李种春风的曹女 / 189

逆风的方向,再造故乡 / 199

乡村的明天　未来可期 / 207
　　新时代——小康时代 / 212
　　发展的风向标 / 217
　　一花独放不是春 / 223
　　乡村的柴米油盐成了诗 / 229
　　大业农心 / 235
我们对这土地爱得深沉 / 240

在那遥远的东方，有神秘中国

亲爱的读者，你应该遇到过一个仿佛自己站在十字路口要选择对的方向却不知如何选择的场景吧？有时不需要过多地去想什么，方向早已在心里，自己只不过是因为遇到了红绿灯，在亮着的红灯还没变绿时停下来而已，而一些选择则需要你找到"自觉安心，东南西北都是好"的状态，才能下决心直行、左转、右转还是掉头。生活中往往是这样，不想错过，是因为也许不能重来。2005年的选择便彻底改变了我人生的方向。

上中学时学语言是最让我着迷的。上高中时我更清楚我要和数学、化学、生物学这一类的课"表白"说:"要上大学了,我们分手吧。"你最好奇的应该是为什么一个来自拉脱维亚的姑娘要选择学汉语吧?记得当时拉脱维亚迎来了"亚洲热":宝莱坞、韩国欧巴们甜如糖的歌、日本的漫画和神神秘秘的中国汉字。在亚洲国家语言的选择中我徘徊了很久,直到妈妈在最关键的时候说了最关键的几句话:"你看,你的母语是俄语,俄语加上了汉语你就无敌了!中俄两个国家有这么多往来,以后两国之间的关系一定会越来越密切,你做翻译肯定会有一个属于你的角落。两国都那么大,还怕没有工作吗?不存在的!听我的吧,试试看。如果发现不喜欢汉语,以后你想学什么都可以自己做主,我会尊重你将来的选择。"真的很奇妙,人生中会有"奇妙元素"的存在。亲人、朋友、过客都是我们的世界里不可或缺的,奇妙的是在你寻找答案时会有一个"外来的元素"指引你选对的路,所以……对,我选择听妈妈的话(实际上当时选择当乖宝宝,是因为我听到了最有吸引力的"以后你想学什么都可以自己做主,我会尊重你将来的选择")。2005年我考上了拉脱维亚大学,成为语言系亚洲学专业的学生。我与中国,与汉语的缘分开始了。我发现汉语宛如一首唱不完的歌,声调是它的优美旋律,汉字里面有传承了几千年的历史故事,这门语言便是打开东方文明古国的密钥。

2005年,网络已经开始兴起,世界发展的脚步也逐渐加速,可是对于那个年代来说,当身边的亲戚朋友知道我选择亚洲学专业决定学汉语时,各种不理解和质疑接踵而至。的确,掌握这门语言是难上加难的事情。再说,当时拉脱维亚与中国也没有太多的合作。许多人会问,几年以后拉脱维亚与千里之外的中国真的会有更多的合作共赢的时刻吗?安泽,你是怎么想的?

那几年朋友和亲戚议论的声音并没有改变我的想法。我想我离迷人的茶文化、大熊猫、香喷喷的北京烤鸭和中国文字密码更近了一步。我以坚定的步伐走进了汉语课的教室。记得有一次我们在汉语老师家学包饺子,电视上播出的是CCTV4《新闻联播》。同学们好奇地问老师:"我们什么时候能听懂播音员所讲的话呢?"就在那个时候老师让我们这些大一的"追梦者"瞬间长大,认真地去思考一个现实的问题:想要完全听懂汉语,了解这个国度并无障碍地交流,恐怕毕业了也无法达到这种水平。以后还要继续努力,再用几年也不一定会有满意的结果。那一刻,我脑海里只有一片空白,感觉自己的未来很迷茫,像一个巨大的问号。

对于一个刚满18岁的大学生而言,这是一个无法找出答案的问题。一切的选择都在于自己,将来会如何?是否能用到所学的知识,还是学完以后会把知识还给老师并忘得一干二净?只能让时间给答案。但我想,青春就是前进的力量,不尝试怎么会知道行不行,对吧?为了让我们更好地锻炼学习汉语的能力和提高语言水平,老师要求我们必须参加拉脱维亚赛区的"汉语桥"世界大学生汉语大赛。现在回想,老师当时要是没有要求害羞得不要不要的我去参加比赛,也就不会有今天的我了。2007年梦寐以求的梦想要实现了,我成为代表拉脱维亚前往中国吉林省长春市参加第六届"汉语桥"世界大学生汉语大赛的参赛选手。重任在肩!

第一次离开家乡,第一次坐飞机,第一次去我向往的国家,只能用四个字来形容——无比激动!

你好,中国!

初次见面,你会与我想象的一样吗?

另一个世界向我打开了一扇门。不同的生活模式与节奏,不同的环境与思维方式……如梦似幻的两周让我有了万千感触。过去的都是"百闻",还缺"不如一见"。When East 真正地 meets West 才会对一个国家有准确的认识。

初次见面,你会与我想象的一样吗?

2007年,我作为拉脱维亚的代表来到中国,参加当年"汉语桥"比赛。那是我第一次踏上中国的土地。

揭开一个地方的面纱之前,它是属于你的"幻想之乡",毕竟所知道的关于它的信息或者是从电视、报纸、网络上得到的,或者是从身边的朋友那里打听到的。这些信息宛如拼图,一块接上另一块,最终会拼成一个不完整的画面。为什么说是不完整的呢?很简单,因为那都是"听说"的事情。事实证明,不亲眼看到,不亲自接触可真的不一定是那么回事。来了中国以后我也听到了有趣的"传说"。在中国,经常有人说俄罗斯的姑娘们貌美如花,但还是不要与她们生混血宝宝!她们啊,一旦结婚生娃了,身材就没法看了!哎呀那叫一个胖啊!美女的影子消失不见,有请俄罗斯大妈闪亮登场啊!是不是读到这里,你心想:"对对对!不是这样吗?"我只能说:"哎……"我也不知道因为什么,这个标签已被公认是实情。我父母说应该是从他们那个年代留下来的印象,因为女孩子把自己嫁出去了也就不会在乎那么多的"哎呀我胖了,哎呀我要减肥了"。她们更注重照顾孩子和丈夫,好好做那个心爱的人背后的女人。现在则不一样了,时代对女孩子的要求不像从前了。但话说回来,俄罗斯的女生会不会胖一方面是基因说了算,另一方面就得看女生自己还想不想遇见曾经的小蛮腰。你们还是不信?那就拿我表姐——纯俄罗斯妹子来说吧。作为两个孩子的母亲,她还是那个苗条淑女,身材一点都没走样,所以战斗民族的妹子们生完孩子就胖并不是她们的必经之路。好了,言归正传!

　　这个例子足以证明我们对没去过的地方会存在一些误区。我们不清楚标签从何而来,但自然而然地会认定就是这样。许多外国人来中国之前也是如此。抱着许多对这片土地的标签去探究到底是不是这样,我也不例外。我曾经想象到了中国会看到四处都是故宫般的建筑与青砖黑瓦的胡同;我曾经梦想可以听到狭小石板路上的雨声,可以看到穿着旗袍的中国女子手拿着油纸伞与我擦身而过;我曾经梦想这里没有西装,这里没有高楼大厦。我脑海里浮现的是伟大工程——万里长城、秦朝的勇士——兵马俑等令人赞叹不已的雄伟画面。可飞机落地前半个小时,我在窗外看到的与幻想过的样子之间的相似度连百分之三十都不到。在空中飞行时有幸地看到了长城,但后来一座座山慢慢地被一座座高楼替换了。北京,我小看你了……原以为中国要是有高楼大厦,也应该不会比我们拉脱维亚的26层的高楼更高吧?现在想想,我们这个自以为值得骄傲的高楼要是在中国朋友面前提起的话,估计跟提最高的山有300米高一样搞笑。北京啊!中国啊!原来我们完全不了解你的现在!原来你都那么超前、那么发达了!

从初次与中国见面已经看得出来外国人想象中的当代中国与现实中的中国果真不一样,一些标签影响着我们对一个国家的印象。那么,我们外国朋友对中国还有哪些陈旧的印象呢?

请系好安全带,我们出发了。

时间仿佛定格在了"Made in China"时代

先问大家一个问题:大伙都知道"Made in China"的意思吧?没错!翻译成中文就是"中国制造"。满分!下一道题!你们知道外国人眼中的"Made in China"代表什么吗?

各位读者请注意,我们很抱歉地通知,"Made in China"这个词语并不只是"中国制造"那么简单,"质量偏差"竟然是部分外国人对"Made in China"的定义,是它的同义词。提到这个词,某些外国人第一反应就是货物绝不是 A 货,也不是

B货,是连D货都谈不上的货……2019年在中国上映的中俄合拍的喜剧电影《战斗民族养成记》也反映了此问题。显然,"Made in China"没有摆脱几十年前中国部分低质量外贸产品的影响,成了质量不好的代名词。这到底是谁的错呢?不能怪谁,"Made in China"无意中就扮演了背黑锅的角色。

  现在情况变了,华为、小米等中国货已享誉全球,大多数外国人都知道中国制造是非常了不起的,只可惜"Made in China"还无法摆脱过去的影子,成了一个时代的"牺牲品"。

误会啊！朋友们，都是误会

往事难改，"Made in China"从一个动词短语跨界到形容词短语后，恐很难再跨回来。有时人们的看法难免存在一些误区，比如欧洲人认为中国什么都便宜，中国人认为欧洲人都有钱。误会啊！朋友们，都是误会！解释一下，并不是所有欧洲人都有钱。中国人会有这种感觉往往是因为：

其一，欧洲的物价比中国的高，欧洲人在中国看到商品价格比心理价低不少以后，通常不会再犹豫，买买买的精神立刻会被唤醒。

其二，欧洲没有讨价还价的"文化"，即使有，也顶多便宜一两欧元。没有人知道在中国购物还存在神奇的"砍价理论""与卖家套近乎理论""假装不太想买转身就走，实际上等着对方把你叫回来再继续讲价理论"等。即使知道，也不好意思啊！我们太单纯了，卖家说是什么价格就是什么价格，但内心深处又想试试讲讲价，有时会客气地面带微笑地小声说："能不能便宜点？"对方要是痛快地减了一块钱这就够高兴一天呀！这不讲价成功了嘛！这算不算是从老外转正"老内"啦！哎……谁知事情没那么简单呀！

记得2007年我参加完第六届"汉语桥"世界大学生汉语大赛后福利就来了,主办方安排了北京两日游活动,逛的是老外都爱的秀水街。我看上了精美的10双筷子套装,看价格感觉特别合理。怎么会那么合理,这还需要讨价还价吗?才100元!买!后来,2008年当我获得一年学习汉语的奖学金再次踏上中国大地时,我才知道那10双筷子的真实价格。

2008年8月的美景我依然还记得。我来到了中国东北师范大学。开学前的校园格外热闹。大一的新生都在忙碌,忙于寻找报到处,忙于把随身带的物品搬进将住四年的宿舍,忙于认识将一起在宿舍里"过日子"的同学们,忙于欢迎最美最具青春活力的大学生活的光临。前往外国学生宿舍的路也美得不能再美了。路过八月天里静美的小荷塘就会走进小树林,那里生长着让我想起家乡的小桦树,亲切感倍增。小桦树们在两边站着,仿佛为新来的我们行注目礼。过了小树林,宿舍也就到了。办完入住手续后,我怀着愉悦的心情去小超市买日用品,就在这里我看到了那个它,边看边想:我们好像在哪儿见过。对,就是它!鉴定完毕!我与在秀水街买到的10双筷子套装长得一模一样的产品"狭路相逢"了。眼睛往价钱上一瞟,此处省略了无数个字……真相来了……原来它只——需——10——块——钱!愉悦的心情与抓狂的心情迅速转换。

这一幕"似曾相识",让我知道了当卖家说400元,就必须非常好意思地说200元,甚至50元！这都不为过。也就在那个时候我才明白了为什么许多人误以为老外都有钱。

国家不同,习惯自然不同。要了解当地风俗,学会入乡随俗是需要时间的。愿我们还不确定、不肯定的时候都不要过早对彼此下定论。一言为定！

中国大地有什么?

在中国,有一个很有趣并且有助于提高中文词汇量的游戏:几个朋友站成一排或围成圆圈,一一回答事先定好的问题。比如,动物园里有什么?每一个人得说出一个动物园里肯定会有的动物、植物或物品,答案不可重复。大家应该都玩过吧?在中国生活多年的外国人会发现,没来过中国的外国人对中国的了解是相当浅显的。

那么在外国人眼里,中国大地有什么?请看略微"粗犷"的总结:

——大米；

——人人人；

——故宫、长城、丝绸、"四大发明"等 very 典型的答案。

当然答案不会仅限于此。我想强调的是，许多外国人也许连博大精深的中国文化的表层都不了解。我来解读一下这是怎么回事。

大 米 帝 国

人在家乡时，无法想象世界到底有多大。拉脱维亚首都里加是我出生长大的地方，也是养育我的一片沃土。人人都一样，都会对自己出生长大的地方有一种特殊的情怀，会觉得在那里吃什么都是美食，看什么都是美景，什么都是最好的。

近几年中国与中东欧国家的合作关系不断升温。拉脱维亚也开始比以往更加受中国人的关注，两国文化交流项目也日益增多。我很荣幸能够奉献一份力量，为中国媒体访问拉脱维亚进行报道而服务。几次顺利完成任务后就会发现一个有趣的现象，当团队在"北方小巴黎"——拉脱维亚的行程到了第三天的时候就会发生一件事情。

2014年6月，我负责在拉脱维亚接待天津广播电视台国际频道的摄制组。拍摄团队将要用镜头语言带着中国观众认识波罗的海三国中的夹心——拉脱维亚。我不敢想象有多少人会羡慕我们电视人的工作，因为我们有很多机会感受世界之大。不过事事都具有两面性。别忘了，出国拍片子的电视人是要根据节目内容安排日程的，更像是"假游客"。出国了，但你去拍的景点不一定是你想看的，也没有时间好好享受异域风情。即使出国,你还是服务于你的工作。再说出国拍片子陪你的又不是你心爱的人,而是那几位陪你一起干活的人。从早上到晚上看的风景也有可能只是这个地方的舞台而已。当然,这次出国,团队还是很享福的。我们精心为他们安排了拍摄行程,可以一边工作,一边感受拉脱维亚的魅力。在拍摄的过程中时差居然没成为摄制组的坎,最不好过的难关是"要命之日"——第三天。那天我们在拉脱维亚琥珀之乡利耶帕亚进行拍摄,美丽的晚霞中我们在海边碰碰运气,寻找有温度的石头——琥珀。由于白天与晚上的温差比较大,我们慢慢地变成"美丽冻人"组合了。细心的接待方早已料到这一天完美的句号需要一个简单又有温度的邂逅,为大家安排了一家餐厅就餐,并准备好了暖身的拉脱维亚苦中带甜的药草酒。身体被唤醒后,拉脱维亚地地道道的特色菜上桌了。盘中的美食已温暖了我的心,但身边的中国伙伴们却问起来了:"拉脱维亚有没有中国餐厅?"我能感觉到这句话里的潜台词。原来第三天最难过的关卡不是想家,也不是想家里的猫咪,而是思念中国味道。在中国生活了一段时间,就会发现有经验的来自中国的号称"旅游老炮"的朋友都会随身带"救兵"——老干妈和方便面。对外国人而言这是很难理解的现象。为什么到了异国他乡还要随身带着这几棵"救命稻草"? 旅行难道不是要体验这里的生活吗? 还是时间给了我答案。

我的老乡们知道我在中国生活的时间已超过12年了,有人会很惊讶:"天天吃米饭,一吃就12年!你是怎么坚持的,亲爱的?"过去的我和他们一样,知道中国很大,但是一样误以为稻田遍布中国大地,应该不会有太多让味蕾忘不了的美味佳肴出现。

是的,中国大米的产量在世界上名列前茅。一碗香喷喷的米饭与拉脱维亚的面包一样重要。主食奏响着饭桌上的狂想曲,没有主食就不叫完美。但这不意味着中国人的餐桌除了面包和白米饭就没别的,对不对?就说说中国陕西面食吧。哎呀,一提陕西面食,我都忍不住流口水!365天都可以吃不重样的面食,每次选择都够我纠结一整天,不知道吃什么好。毫不夸张地说,陕西人玩转了面食:种类多多,口味多多,烹饪法多多!现在我理解为什么中国朋友到了欧洲工作学习在饮食方面会有不适应,因为欧洲的饭菜与中国味道相比,给人单曲循环不断播放的感觉。吃土豆长大的我在中国生活学习多年以后,想单方面宣布:味在中国!酸甜苦辣咸,中国菜五味俱全。估计部分外国友人还是会觉得,关于中国味道我是美化了现实吧。

我只能说:"朋友们,眼见为实,中国欢迎你们亲身体验'味在中国'!"

人 从 众 ？

2009年妈妈和姑姑第一次来中国旅行。经验不足的我把她们的旅行计划安排在了"五一"劳动节。现在肯定有人呵呵笑了,真会选日子！也别无选择呀！那时我在中国念书,"五一"劳动节放假七天,时间比现在要长,所以才会做出这样的决定。旅途结束后感受最深的一点就是：

人间五月来北京,

阳光灿烂倍儿开心！

谁知节日间足不该出户,

节日间旅行,步步皆辛苦！

那时首次亲身体会到了自己与罐头里的鱼一样的感觉。拉脱维亚人来中国旅行对人山人海的感受会更夸张一些,因为与中国人口相比,拉脱维亚可以说是人很少了,只有200万左右人口,况且它还面临着人口老龄化的问题,年轻人都在他乡寻梦,选择出国留学、工作和生活。回国时我也感受到了这一变化。晚上公交车的车次少了很多。要是在市中心和朋友们聚会的话,晚上十点以后回家都是一个难题。要掐着点看着时间赶末班车,否则要承担巨贵的出租车费回家。打的时，一旦车启动了，显示器上的价格会一直往上跳个不停。如今在中国乘坐出租车不算是一个奢侈的体验，是从 A 地到 B 地的很正常的方式。除了出租车外，在中国还有快车、专车，这与人口多少、需求大小有一定关系。可见，人少有利有弊，人多也有利有弊。

记得 2018 年拉脱维亚民族舞蹈团责佩丽（Zeperi）受邀参与由拉脱维亚担任主宾国在宁波举办的中国—中东欧博览会。团队代表思吉塔（Sigita）在采访过程中说道："几乎没有几个拉脱维亚人会想到有一天来到中国，而当你真的来了，那些关于中国的标签就会瞬间不见。是我们自己给一个国家设定了条条框框，但中国早已不是这样子。"她说："'茫茫人海'是我以前对中国印象的三大标签之一，但是我们到了宁波就不这么认为了。我们所居住的地方是宁波高新区。城市高大上，干净整洁，现代。经济发展的速度令人难以置信。关键是人也没像大家说的那么多。我看到的是浓郁的中国文化，有山有水有文明。"

因此，我还是想说那一句话："朋友们，眼见为实，中国欢迎你们亲自来发现她。"

必打卡之外
——中国乡村

每一个喜欢中国的外国朋友心中都有属于自己的中国形象。也许是因为汉语而迷上了中国,也许是因为帅气的武术动作和成龙大哥的电影而开始对中国着迷,也许是因为好奇是否真的可以走完万里长城、渴望亲自去开启这一段旅程而迷上中国。原因有很多,但更重要的是我们是因为接触了某一个中国文化的元素而慢慢地变成了中国的超级粉丝。与中国的相遇,始于我们的心动。

中国首都北京是让我心动的地方之一。它新与旧并存，现代与传统交错，是很多外国人在中国的第一站。在这里居住的人，每天路过红墙黄瓦的故宫，每天路过黎明时冉冉升起五星红旗的天安门广场。这是本地人的日常，再平凡不过。而对第一次来到北京的外国游客来讲，北京让人感到新奇，甚至它的每一条街道都不是普通的道路，它们同看着北京慢慢变好的建筑物一样，是历史的见证者，也是本地文化的缩影。若是身在北京，那么必打卡的地方便是故宫、天安门、长城、大栅栏、后海、王府井等。我个人很喜欢故宫，源于它的别名——紫禁城。作为一个"好奇宝宝"，我一看到"禁"字就特别想去探究为何会包含这个字，为何那么神秘。

热门打卡地之旅是一种不错的与一个国家初次见面的方式。当中国迎来了走马观花打卡旅游风时，在欧洲兴起的是 travel like a local（像当地人那样旅行）的节奏。二者都是摆脱常规旅行的自由行，但我认为，前者更适合作为前往新的目的地的旅游方式，如果想深入了解目的地，心为它而动，那么可以确定了，travel like a local 的旅游方式最适合你。

中国处处都有闻名于世的地方，像世界第八大奇迹兵马俑、国宝熊猫的故乡成都……有太多地方值得让时间变成漫长的时光。网络的发展也让游客的目光发现之前不知道的或渐渐被遗忘的好去处。不少地点都成了小明星,粉丝比我还多呢。前几年比较典型的例子就是天津滨海新区的最美图书馆,漂亮的外表给予有质感的世界新的生命。

中国很大,光凭几座城市或几个必打卡之地来了解它,未免狭隘。要想更好地了解中国,建议你在必打卡地之外,走近中国乡村,吹吹乡村的风,触碰乡村的土,与当地村民交心。只有这样,才能看到一个真实而全面的中国。

美丽的中国乡村,看似就在我们身边,却又疏离于城市纷繁复杂的世界之外,那是让我认识立体多彩的中国的地方。

天津后花园的秘密

你们有没有发现,生活中所发生的事情都是有因缘的?比如,之前有朋友提到了一个小地方,你想这辈子都不可能去的,但结果生活就是会把你带到那里。或是一直有这样一个人,在你身旁默默地陪伴着你,而只有若干年以后在恰好的时间你才发现,你们才是彼此等待的最理想的人生伴侣。生活就是最棒的金牌导演,创造了世上每一个人的不可重复与没有彩排的剧本。

2008年炎炎的夏日,我在北京语言文化大学学习汉语的两个月时间到了。那是很辛苦的时光,因为我的汉语水平还是很低,沟通困难;也是很幸福的时光,因为可以做自己喜欢的事——学汉语。可惜,现在与那所大学的老师们已经失去联系了,不然我一定会对曾经教过我的老师们说一声"谢谢",谢谢他们的严厉,为每一位学生的发展做了更好的铺垫。现在想想,以前真的不太珍视宝贵的上学时光。上拉脱维亚大学时,因有机会到中国上暑假汉语课而错过了本科毕业典礼;上东北师范大学时,因为得到机会担任湖南卫视"汉语桥"比赛开幕式的舞者,我还是选择不参加毕业典礼。对此,妈妈和导师比我还难过呢。就我最看得开,当时想:人生嘛,要为自己的选择负责,事过无悔。2019年5月底,我去西安看望曾在东北师范大学一起上过学的来自俄罗斯的老朋友,这一想法有所改变。我们决定叙叙旧,走进附近的大学,怀念一下大学时光。那是在西安交通大学,走在青春气息环绕四周的学校道路上,我们聊着大学时的事,在马路的一侧看到了大学生穿着毕业服拍照,那一刻,借一下他们的服装并一起开开心心地拍告别大学大好时光的毕业照的念头在我脑海里闪过……年轻的我们感觉不到时光的流逝和它的珍贵之处,反而认为去浪费时光就是青春。而现在眼看着毕业生拍照的一幕,我的感受是他们没有比这一刻更年轻纯真。是,现在会有一点点羡慕他们,因为我连记录这一刻的一张照片都没有。要是将来选择读博士,我一定不会允许自己错过的就是毕业典礼了。由此可见,安泽老师我的岁数大了点,开始喜欢怀旧了。都说了这么多还没说到重点呢!嗯嗯,还是那个 2008 年,当时在北京语言文化大学念书,有一个作业是流畅地讲述自己与中国有趣的故事。一位同学分享了他第一次乘坐京津城际列车的体验。他说,从北京到天津,乘坐城际列车,抵达的时间从两个小时缩短到半个多小时了,这是一种追上时间和现代超快步伐的感受。

2008 年听到这个关于京津城际列车的故事时,谁能想到从 2013 年起,京津往返的旅途我一走就反反复复地走了五年。当时天津广播电视台国际频道的摄像老师与编导去天津师范大学报道"汉语大赛"天津赛区的情况,而我正好是此赛区的主持人,被他们发现并试镜成功,从而与天津国际频道达成了合作。

2013 年 1 月 1 日起,我成了天津广播电视台国际频道《Hello 天津》栏目的外籍主持人。这档日播节目是天津文化走出去的窗口。随着节目的拍摄,我有幸能沉浸在这座城市里,深入了解它的前世今生。我几乎走遍了天津。五大道小洋楼里的春秋往事、黄崖关长城畔的杏花春雨、千亩金黄中的风吹稻花都通过节目向全世界呈现出来。这档节目还让我有机会认识了天津的后花园蓟县(今蓟州区),我跟随摄制组去了位于天津市蓟县北侧的西井峪村体验乡村生活。蜿蜒的山间小路和稀疏的村落取代了高速公路和高楼林立的市区。车子越往里开,越没有车流的声音,没有喧嚣,心也可以平静下来了。

西井峪村俗称"石头村"。村落的道路、房屋与院落都是用石头建造而成。有人说这个村落不知道时光流转,每一块石头经历了唐山大地震之后依然保持着最初的风貌。这是一个坚强不息的村落,其独特的容颜吸引了许多摄影师,是摄影爱好者的聚集地之一。一步一景,说的就是这里。

西井峪村

乡村生活的体验是从填饱肚子开始的。在此我要官宣：蓟县的味道在于早点！我听过土味情话是这么说的："你为什么要害我？""我怎么害你了？""你害我那么喜欢你！"那么我想用这样的方式向蓟县的早点表白一次。嫩滑松软、有层次感的、热气腾腾的饼，你害得我那么喜欢你！我忘不了你了！……第一次品尝你香味的感觉太深刻了，我至今还记得。大江南北的饼我吃过不少，唯独这里的饼让我难以忘怀。无须用其他的食材与它共舞，无须给它化浓妆，只需要涂上适量的"腮红"——腐乳，它就成了最香最容易让人爱上的样子。石头村还有一个出名的叫作玉米饽饽的饼，每年还有制作玉米饽饽的比赛。摄制组联系到了上次参赛获得第一名的村民来传授制作饽饽的秘诀。他很热情地介绍了每一个步骤，包括玉米面是怎么来的。在市里长大的我还干了一会儿驴的活儿，怎么回事呢？原以为拉磨是需要人力的，我就热情地去干活，说："这个我可以！让我来！"当地人看这个画面乐完以后才带我去看玉米面是怎么打磨的……原来这是蒙上眼的驴的独秀啊！哎……见笑了。

　　玉米面磨细以后就要放到碗里，下一个步骤就有小窍门了，倒进去的水一定得是开水，得烫一下玉米面。这样更容易把做好的饽饽贴在大锅的边上，口感也会更好。后面就是考验我们把饽饽贴在热锅边上的技术的时刻了。

你们发现了吧？我没提到盐，也没提到其他的调味品。农家风味就是纯自然的风味、纯恬静与轻松的风味。它与拉脱维亚的面包一样，在饭桌上的地位很高。吃午餐或晚餐时要是有炖鱼的话，不得不让饽饽扮演最佳配角。拿起一块，往炖鱼的汤汁里一放，泡一会儿以后入口，这是农家风味的最高境界了。外国朋友们，千万要品尝，那是米其林餐厅级别的农家风味。如此简单的结合，如此不简单的美味。

安泽拉磨

满足了味蕾以后就有力气逛石头村了。这是一个有100多户人家的村庄，静静地过着自己的日子。沿着这里最宽的道路往里走，就会发现一个进行集体活动的空间。这个空间大约有足球场的一半那么大，就叫它石头广场吧。当地人说2012年的时候这里可热闹了。当时这里是中国贺岁电影《越来越好》的取景地之一，电影的拍摄为石头广场增添了前所未有的"村晚"气氛。红灯笼挂满了石头广场，演员与村民们投入到了被营造的喜庆氛围里。演戏就是要相信所演的所做的事就是真的，镜头里的故事才会感动到大家。村民们说那时确实感觉春节来临了。看得出来他们十分想念那份热闹。一个多月的拍摄带走了那个其乐融融的气氛。现在我们面前的石头广场孤零零地存在着，几乎看不到人影，红红火火的空间变成寂寞的无人区了，无法想象石头村还有过辉煌的曾经。许多城里人都在寻找这般安静，但是我感觉这种安静有一些令人担忧。

过了石头广场，左侧有一条上坡的小石头路，像可爱的小朋友邀请你和他一起玩那样期待大家往那里看一眼。这条路向外散发的是自然美。真不知道到底是这里生长的植物恋上了石头，还是石头先爱上了植物，它们结合为一体招呼着客人往上走，欣赏两旁的风景。我走上小路，发现一个院子的院门上有厚重的铁锁。上锁的木门和木栅栏肯定是这个院子的长辈。它们有着时间的痕迹,有很多小缝隙,透过它们,可以看出里面已经有很长的日子没住过人。当地人向我介绍说这个漂亮住处的家庭不得不面对实际问题而选择离开。他们向我反映了在乡村生活的人面临的困难是什么。原来几年前院子的主人——夫妻俩选择离开老家到市里打工。近年来靠种地养活自己也算是可以的,不过要是家里有小孩的话就要考虑孩子的未来,于是许多农村父母宁愿错过见证自己的孩子学走路、学写字等许多不能重来的第一次,也不想让孩子因为生活条件输在起跑线上。对天下父母而言,这是很艰难又不得不面对的现实决定。普遍的情况就是小孩要和父母分开,由老人看管。如果在外的爸爸妈妈发展好的话,春节和其他节假日的时候能回老家看看孩子;发展不好的话,也许连春节全家都不能团聚。父母一旦外出打工,接下来就要面临一连串的事情。孩子可能会被溺爱,为了能与父母视频,孩子的手里会有手机或电脑。这要是上瘾了,学习上就很难脱颖而出。孩子当然不会想那么多,想要的是单纯地在父母陪伴下快乐成长而已。我看过一份报道很是令人揪心。小姑娘给爸爸写了几句话,说:"爸爸,你再不陪我,我可就长大了……"多么不希望因为现实,父母与孩子之间就有小疙瘩。大人的世界交织着遗憾,怎么舍得让孩子去懂得……因为现实,也许他们之间不会有像朋友那样无话不谈的关系,也许孩子心里还会藏着很多不满。多么不希望大家的生活里出现两位叫"因为现实"和"别无选择"的朋友……

有一部苏联贺岁片叫《命运的捉弄》,它就有这样两句经典的台词:"我们的生活变了。我们不再犯可爱的小错误,不再做那些浪漫的傻事。"今日的我们因越来越现实,才会有这样的人生"金句":先赚钱再谈理想。命运的捉弄多么令人感伤。城市人所向往的是宁静的乡村生活,农村人则向往在城市里立足,纷纷离开乡村。我们就这样羡慕着彼此。好生活永远在别处。

四面环山的石头村肃然无声。许多小院子不再有生机勃勃的气息,这里的特色之一"彩色的人工电视"——皮影也不再是大朋友小朋友的快乐。独具特色的石头村好像步入了休眠的状态。该如何去做,才能让石头村这个"睡美人"醒过来呢?

改变，从走出第一步开始

几年时光匆匆地过去了。有一天，我拿到拍摄日程表时看到了熟悉的石头村的名字，当时想：天津可拍的地点还是蛮多的，节目组为什么会重复选题呢？不过，我的内心还是充满了快乐：几年没见了，要再次遇见老朋友石头村了，你过得还好吗？

车快到地方的时候，我激动不已，仿佛有我多年未见的亲人在那个"离别的车站"的站台上期待着看到我下车的身影。喜欢石头村，是因为这里的人在生活出现困难时仍然不失纯真。车缓缓地往里开，我小心翼翼地靠近了窗户。沿途的风景宁静而安然——大概是午休的时间。虽很安静，但这次的感觉与以往不同。这是不必担忧的安静，是可以享受的安静。

石头村的外观没丢失村庄的色彩，微装修使它与"颜值时代"有了更多的共同话题。用于民宿的农家院落内配备的设施更全了，获得游客们宝贵的五星好评应该没有问题。下车以后想做的第一件事情就是去看看石头村的变化，我跑到了过去上锁的那个漂亮住宅。以前它看似一个在大都市奋斗着的青年,被每天担心挤不上地铁而上班迟到的情绪压着,被什么时候能稳定下来、能买到房子等问题压着。现在这位青年的气色变了。他像一位松了一口气、打开了心房后让阳光透进来了的阳光男孩。那个家庭还是没有回到这里居住,选择另外一种方式发展。他们把住宅交给了专业团队进行改造,让这里成为服务游客的高级民宿。被改造的院子像是穿上了水晶鞋,终于找到了自己的王子。这里的清晨可以有别样的情调。阳光的怀抱、鸟声的陪伴和温柔似水的音色:"闭上你的双眼……听着自己的每一呼每一吸……让肩膀随着呼吸向下沉,让身体越来越放松。"现在瑜伽课可以让游客心平气和地开启在石头村的一天。

可见,再熟悉不过的地方有了崭新的一面,"睡美人"醒来了。亲身感受到的变化让我毫不犹豫地把这个地方推荐给了拉脱维亚VFS影视摄制组。那是2017年7月份的事情。摄制组计划来中国拍一档叫作《新颖的老地方》的节目。2017年年底《新颖的老地方》系列片在拉脱维亚电视台黄金时间与观众见面,反响极好。我非常喜欢两位主持人的第一印象的旁白与直观感受的分享。这样的方式可以让人们真正地了解一个地方的生活方式和文化背景。关于石头村,他们说道:"乡村居然有了北欧人很熟悉的东西。在栅栏的另一边我们闻到了咖啡香,难以置信,一面墙融合着两个时代。一面是有年代感的画,另一面则是极为时髦的咖啡馆,有手冲咖啡和专业咖啡机。但这还不是最高境界。在这个不到20平方米的屋子里居然还能买到很好的精酿啤酒。"迈出那个关键的改变现状的一步有千万种方式,而石头村选择迎接现代元素与用现代人的语言之一——咖啡和大家对话。

　　拉脱维亚的两位体验者从来没来过中国,他们的好奇点与我的一样:那个给石头村穿上了水晶鞋的贵人是谁?准确地来说,TA不是一个贵人,是一个"贵团队",在进行项目考察的过程中他们发现了这里。有时对一个地方怀有兴趣不是因为"这里好美啊",也不是因为别的什么,就是因为在那一刻,这个地方给人一种特殊的其他地方给不了的感觉。说不清楚是什么,但那个感觉就是谁都代替不了。团队中有位项目负责人来自上海。想象一下,大上海啊,是多少中国年轻人和外国人的梦想之地。它的发达造就了随处可见的机会。机会再多,想得到机会的人也只有多没有少。愿景是来上海打拼的人的动力,但愿景让他们变成了患有"人生匆忙症"赶路的上班族:手机24小时都不离身,人人都处于随叫随到的状态,你要是没有到其他人就会到;时间永远不够用,任务永远做不完。在上海,在愿景成为现实的路上,孤独感与压抑感是这条路的伴侣。思想的自由和生活的简单淳朴是吸引改造团队的两点。不

拉脱维亚影视制作人员在西井峪村

一定非要跟随流行的价值观去追求有钱有车有房的目标,更珍贵的是做的事能让你快乐。Follow your heart,让你的心当你的人生导师。

气温降下来了,太阳准备去地球的另一端送温暖。拍摄结束了,团队请我们到一户农家吃他们为我们准备的农家菜,让远道而来的拉脱维亚团队坐在圆桌上感受当地村民的热情。平平常常的农家菜,都是最常见的,但却是最百吃不厌的美食。排骨炖豆角、自制的非常劲道的拌酱宽面、菠菜花生等,本真的味道,本真的馨香。饭桌上还有在拉脱维亚很少见到的炖鱼。我解释说,炖一整条鱼是"有头有尾"的意思,喻示做人也要一样有始有终。拉脱维亚的伙伴们特别开心,吃着鲜美的农家饭,赞扬着天津后花园的美。我也特别开心,收获了全新的感受。这不是我走进中国乡村的第一次,却是深刻体会到中国乡村发展道路变化的第一次。

童话故事是真的,相信就会存在

穿上了美丽的水晶鞋,石头村遇到了自己的小王子。我认识了改造石头村的"贵团队"创始人李谦。他说团队最初是做文旅策划、规划与设计的,在天津做过很多项目。2014 年他们接到了天津蓟县政府的邀请,研究如何推动蓟县的旅游。为了更好地挖掘这个区域的山水资源,团队进行了实地调研,把整个蓟县走了一遍。李谦说,当时天津渔阳镇特别关注他们的调研工作,了解了团队的思路以后

西井峪村原貌

邀请他们看看渔阳镇的石头村。在大雪纷飞的时节,团队第一次去了西井峪村。李谦很震惊。他确实没有想到一个保留着古朴生活习惯的十分传统的乡村可以如此之近:从山下的城到山上的村只有五分钟的车程。另一个让团队相中这里的原因是它至今保留着传统村庄的形态。他们看过的很多村庄最原始的味道渐渐地消散了,西井峪保留着传统农耕文化,与此同时也有极富特色的民居建筑和耐人寻味的文化内涵。当年西井峪"空心化"的现象较严重。劳动力严重流失,种地只能养活自己,不能赚钱。李谦说,乡村的产业无法支撑这个地方的发展,所以它进

西井峪村老房子

入到凋敝的状态是必然的。

李谦看完了石头村的状况以后就动心了,心里冒出了一个想法,不想单纯地完成工作出方案就忙着接下一个项目。他想拿出一整套的解决方案,让西井峪成为活生生的西井峪。没过多久,李谦先生的团队住进了石头村,花了三个月的时间进行调研工作,重点是要了解整个村庄的社会环境、每一个家庭的受教育情况,以及对村庄的建筑和山村地形做调研与记录。石头村给团队很多创作灵感。调研结束后,团队发现在改造过程中最需要解决的问题有两个:其一,传统村落怎么保护;其二,乡村产业如何振兴。为了这两个目标,团队展开了研究,最后编制了"西井峪传统村落保护与乡村旅游产业振兴三年行动计划"。三年的计划涵盖了60多项工作内容,将来这个地方可以为游客带来不一样的吃喝玩乐的体验。适当地放入现代元素,不影响村落的景观和整体状况,要为大家打造升级版的乡村,以此启动蓟县的改变。方案得到了当地政府的支持,于是2015年5月份团队的几位"80后"与"90后"的伙伴们搬到了石头村,开启了为期三年的乡间工作。

李谦说对团队来讲这次的工作是一个蛮大的挑战。过去他们做专业规划与设计工作比较多,而全面的乡村设计改造是头一次。有信心,可要面对当地社会适应问题,他们也是摸着石头过河,边探索边践行。团队的工作分为两个部分,其中一个是做社会工作。乡村将发生变化,团队也需要做普及工作,让村民知道正在发生着什么。乡村社区营造工作遇到不少不理解和质疑,过程很艰难,需要与村民建立信任,毕竟他们最开始都不认识彼此。村民不知道团队来的目的、想做的事情跟说的是不是一样。李谦说自己当时都已经是 50 岁的男人,但也因艰难的摸索哭了不止四五回。他们与村民只能靠慢慢认识,来接受彼此。有了信任,才能接受新的理念与思想,携手改变乡村的面貌。团队为村民开设了乡村讲堂,介绍关于乡村发展的做法,怎么卖好农产品、怎么让乡村的环境更加洁美、怎么利用乡村老房子让它更有价值、乡村旅游怎么经营等知识都一一分享给当地村民。团队进行改造就像带大一个孩子,但是孩子长大成人了,村民们自己要学会管他,不让村庄回到原点。团队在努力帮助村民变换思路,接受让乡村有更好的明天的一套做法。

开创者　见证者　建设者

接下来就是唤醒乡村的工作。根据调研,当时西井峪的人气很一般,很多本地人都不知道有石头村。这就需要打造乡村的视觉形象。改造时团队要保留村落的特色——外观。他们请到了国内知名设计师王成福先生负责视觉形象体系。石头是西井峪的脉络,王成福把它称之为"乡村的基因"。围绕着这个理念,他巧妙地把石头的DNA注入到了设计之中。

解决了外观问题,紧接着最关键的就要来了。农家院算是乡村文旅发展的鼻祖,不少乡村会从它开始改变乡村的发展,提供吃住服务,再开发整套旅游项目。在李谦的团队来之前,西井峪有过十几家传统的农家院,经营情况不太好,到2015年只剩下了两家。李谦说,蓟县乡村旅游的市场很大。在蓟县旅游业最旺盛的时候,近2700家农家院为游客服务,这大概有七万张床位。那么大体量的市场为什么搞不好呢?主要是因为推的产品比较低端和单一——一张床、一个人、住一宿、包三顿饭、100块钱,仅此而已,所以改造团队就想舍弃普通提升改造的做法,把乡村旅游服务的产品结构化,提供不同档次的住宿条件。改造团队对农家院进行了筛选,与村民沟通改造和培训的事情。如果居住体验与环境接近市里酒店的标准,带有独立卫生间和含早餐的标准间的价格就可以卖高一点(每天200元到400元),这会为村民带来很明显的收入方面的变化。可改造的过程哪有那么顺利!团队遇上了观念上的冲突:当地老百姓不理解为什么每间客房要有单独的卫浴空间,他们的观念是厕所不能在室内。此外,部分老百姓也不认为室内一定要解决供暖问题,觉得暖气是可以不装的。至于高端的产品,由于项目的资金有限,团队选择自己投资打造高端民宿,而选择做高端民宿的地点就是我之前发现的那个上锁的院落。外观几乎没变,室内倒是漂亮了不少。

西井峪形成了结构化产品。改造完工后,2016年10月份第一期产品投入运营,其后一个月的时间改变了村民对团队的看法。如果说之前村民是在怀疑中配合团队的工作,产品投入运营一个月后村民们看到了变化带来的效果,就完全放下了包袱和所有的担忧心理,跟着团队学,一起进行改造。

西井峪迎来很多主题活动。乡村市集、乡村民谣音乐会等活动辅助乡村的发展。推出的乡村自媒体平台也实时报道乡村的动态,一年四季向大家推送当地人文、即将举办的活动等信息。

村里地不多,但是有不少核桃树和小米。现在出售好产品,只说它好对消费者吸引力不够,把产品品牌化并经过文化包装,农产品的未来就不一样了。村民们向团队学会了怎么把核桃炸成核桃油,看到了装好的成品就感慨着"原来农产品还可以这样做,而且这样才可以卖好价钱"。现在老百姓一年的收入达到了每户25万元左右,老百姓都说:"我们是不是和城里人一样强?"改造终于迎来丰收的喜悦。

喜事不断,公益活动也在这里展开了翅膀。为村里的老人过寿,给村里的孩子们上绘画和阅读课,举办传统布鞋老手艺的展览……活动陆续开展起来,石头村在各方面都被激活了。

与西井峪的乡亲们相处一段时间以后,团队发现村里百分之九十的人都姓周,是一个家族式的村庄。团队决定帮助周家修好家谱。在唤醒乡村活力的同时,团队投入的感情也越来越多了。

几年下来,"小王子团队"让石头村拥有童话般的美丽大蜕变。童话故事可以是真的,相信自己,相信对方,它就会存在。石头村在"小王子团队"的帮助下迈出了关键的第一步。一生二,二生三,三生万物。第一步成功了以后,团队从工作中汲取养分,走出了第二步:编制相关的乡村发展的教材并在全国各地的村落分享西井峪的故事。后面就不难了,"三"和"万物"接着来了。他们成功地把旅游+产业+自媒体+扶贫结合起来,立足乡村的优势做强产业。石头村有了新的发展之路,团队也开拓了新的发展方向。如今,西井峪的古朴中透着青春的韵味,成了蓟州区的示范村。在三年的时间里蓟州区有了三四十家民宿,对整个蓟州区乡村旅游迭代更新起到了至关重要的作用和积极示范效应。

与天津后花园的几次邂逅在我心里种下了一个愿望:愿每一个乡村故事与童话故事一样,都只有好的结局。

西井峪村特产

村庄的颜值担当,涌动着的金色麦浪

——天津黄庄

在乡村可以体验到很多在市里从未做过的事情,感觉很新鲜很有趣,也不知道累。小时候父亲上班时经常会带我一块儿去体验大人的生活。爸爸一辈子的爱好就是开车。我奶奶不想让他干与车有关的工作,但是奶奶的劝说没能够阻挡爸爸对开车强烈的热情。爸爸开大卡车运货,几乎走遍了欧洲的东南西北。在拉脱维亚工作时他就会带我一起去完成任务,也就因为当了爸爸的"小助手",我才发现自己有多么喜欢田园。

童年很珍贵。长大的我很怀念那个特别容易感到满足的童年时光。我觉得爸爸给我最棒的礼物,就是带着我陪他工作。喜欢和他出去,是因为我迷恋坐车时可以看到一路的美景。绿油油的草地随风摇摆,奶牛悠闲地散步,远处还有小院落和一根悠然自得地吐着小圈圈的烟囱……一路看着这幅人与自然的杰作,一路觉着这是我的梦想,这是我的梦乡。就这样,我从小就对乡村情有独钟。离我们的生活越遥远的,往往是我们最向往的。这一生到今天我都很少有机会与乡村打交道,于是一直以来心里存着一个念想:很想结识乡村这个朋友,想要它静静地、真诚地与我说说话,说说它的故事。

蔚蓝天空下是炎炎的夏日，外国小姐姐安泽正准备下地

聆听乡村故事的机会是随着工作而来的。有一天《Hello 天津》节目的大家庭带我去离天津市中心有 70 多公里远的宝坻区黄庄镇李焕庄村。这次不体验田园悠闲，而是体验农家劳作。现在大家都能感受到饭桌上的味道随着生活水平的提高日益馨香，但始终有一个被守护的味道，是那些色香味俱全的菜品的黄金搭档。一位喜欢开餐馆的朋友给这位搭档起了名字——不忘初心白米饭。生活再怎么变，饭桌上高档菜肴再多，万年不变的就是一碗白米饭的味道。好啦，我不煽情啦！我想说的是咱们喜欢吃的白米饭，它是如何从水稻成为我们熟知的一粒一粒的米饭呢？这就是我要体验的农活——插秧。

到了稻田我的第一反应是："糟糕！稻田遇难了！是前一阵子一直在下雨，还是这里浇水浇多了？怎么都被淹了呢？"我着急的样子应该让懂行的人觉得我有点可爱吧？一看就知道这姑娘没见过这种种稻子的方式。没错，我承认，我以前不知道还有水田的存在。但——不是说"知之为知之，不知为不知，是知也"嘛。我这就学！主持人安泽

想问一下:"稻子,你为何不怕这么多水?为何喜欢这么多水?每当我要出差给我的仙人掌浇够它喝几天的水时,它不但不领情,还闹脾气给我看它蔫儿的样子呢,和你完全不一样!我的仙人掌,它是不是不爱我了?哼!"开一句玩笑,稻子与仙人掌当然不一样,我懂。我这个来学插秧的姑娘一看就不像三好学生,又带你们跑题了,嘻嘻。言归正传,上课啦!据专家介绍,水稻种植技术是从中国南方引入到北方的。宝坻区位于天津东南部,地处海河流域,之所以适宜水稻种植,是因为这里河流纵横,又是天津三大湿地之一,有良好的土壤、气候和水质条件。现如今,这里的水稻已形成30余万亩种植规模,成为这个地区的主要粮食作物。但倘若我们在一片水田里只种水稻,就等于与现代农业脱节了。当地农民勇敢地尝试,放大生态优势,接受水稻"立体种养"的思路。"立体种养"的结果果然没让大家失望:有稻米收,有螃蟹、泥鳅,还有小虾在这里一块儿生长。立体种养都成了这里农民脱贫增收的"金元宝"了。好了,科普时间结束后就该下地了。六月是插秧的季节。与我一起出镜介绍插秧过程的水稻专家贾子玉老师已经准备好了将来会成为白白胖胖的、口感香甜的大米的秧苗了。

再见运动鞋，你好水田

　　这是一种凉爽的体验。脱掉鞋子以后，我鼓起勇气踏进了水田。水不到膝盖深，太阳公公格外地热情，涂多少层防晒霜都还是会让皮肤迅速变红。不过双脚踏进水田以后，你就慢慢地忘掉这个烦忧了。外面的温度实际上都快接近40摄氏度了，但脚已经在微凉的水里了，所以自然会有一点都不晒的错觉。我们舒舒服服地干起活来。水田中的泥土很松软，想要站稳就需要两脚一前一后站立。站在稻田里的我像个好动的孩子，不时地移动。被晒红的烦忧是忘了，但另一个让我紧张起来的事情来了。这个"小麻烦事"就是著名的水蛭。为了避免被它"亲吻"一下的可能，我不得不在稻田里边"跳舞"边插秧。每一回手里要拿着四到五株秧苗，像手拿着笔那样把秧苗垂直插入到泥土里。秧苗需要插得浅一些，这对其生长有好处。最后确认根部粘上泥了，秧苗不倒就可以继续插下一株了。插好的秧苗之间的距离是均匀的，排排成线，似乎是英俊潇洒的兵哥哥们挺着胸眺望幸福的远方。没插完几排秧苗，我的腰和后背就开始有酸痛感，心想着：种30余万亩需要多少人力、多长时间才能完工啊！

安泽插秧

记得上中学时,有一年暑假父母的朋友请我们帮忙看管他们的一小块地,也允许我们在这期间用这一块地。不少拉脱维亚人在郊区都会有带一小块地的住宅。不是别墅类的豪宅,是一个可以过过做农活儿的瘾、种种花、晒晒太阳、周末请朋友一起烧烤的地方。夏天的时候阳台就是我们家的一小块地,妈妈特别喜欢把它改造成一个夏季蔬菜园,而这下妈妈就有更大的发挥空间了。整个那一块地的面积不超过 100 平方米,妈妈决定在一边种黄瓜、西红柿、南瓜、胡萝卜和小葱,在另一边种土豆。我小时候的梦想到中学时也没变,还是想在乡村干农活,所以这下不用爸妈拉着我去陪他们一起种蔬菜,是我主动要求给我安排农活。这样,种土豆的全过程就由我来负责了。爸爸从家里拿来了收音机,我们边听着歌边劳动。我手拿着铁锹为土豆的"快乐成长"做20多平方米土地的前期准备。这20多平方米让我累了一天,于是当我看到无边的水稻田,我能想象到在烈日下从早到晚弯着腰是多么的辛苦。

懂事了以后更能体会到下地的劳动者吃的苦头。几年前走红的《舌尖上的中国》纪录片播出时,有一个故事加深了我对辛苦劳动的印象。在中国南方有一个月的时间是村民们很期待的,在这个时节他们靠采山里的蘑菇可以"小发财"一下。他们的目标是松茸。这个菌界大咖的营养价值与身价一样高。可是我看了片子才知道,它的收购价格和到食客嘴里的价格大大不同。片子里云南香格里拉的母女俩在松树与栎树混交林中寻找小精灵松茸。低产量影响了它的市场价格,松茸变得非常珍贵。在原始森林中找到这菌类中的贵族很难,女生在镜头前分享经验说:"一般走一公里路才能找到一朵松茸。"到了采挖松茸的季节时,天还未亮村民们就会赶往松茸生长的森林深处,走到森林边,离松茸喜欢生长的地方还需要走约20公里的路。先到先得,一分钟都不能浪费。寻找它,除了知道地方,还得看运气,因为更值钱的是品质好的松茸,而这样的松茸喜欢玩"我藏你找"的游戏,在土层之下等着被发现。不光运气要好,采集松茸还考验村民的体力。山上没有修好的路,一会儿上一会儿下,加上要集中注意力寻找松茸,这使岁数大一点的村民容易感到头晕。松茸的市场比以往好很多了,所以村民们愿意承受这份辛苦,借此换取不错的收入。节目拍摄那一年松茸的平均收购价格为80元/斤,而加工处理后的价格可飞升到700元/斤。松茸受到了追捧,然而背后的苦力得到的回报却少之又少。

村民们的付出与收入不成正比的问题装满了我的脑袋。贾老师似乎察觉到了我担心的是什么,于是就开始介绍情况了。中国农村、农业也在进步,在进行现代化。我们体验的是最原始的插秧过程,当今部分水稻种植已经机械化了。减轻农民们劳动的强度、助力增产增收是中国近几年来的一项重大战略。中国是农业大国,当务之急自然就是解决农业、农村、农民这"三农"的发展问题,一个一个的乡村正经历着改革。据了解,近几年土地流转使农业迎来发展的大转变。以前是一家一户进行小农经营,各管各的,优势是管好自己的就行了。可如果我们想改变现状,让农民增收并有更好的发展前途呢?如何让只能生产50公斤大米的农家满足商家200公斤大米的需求呢?农业产业化、规模化势在必行。及早抓住新的发展趋势意味着能赢得机遇,但是有的农民一听"流转"就会害怕出现土地有去无回的问题。土地流转其实就是通过合法的形式转让土地经营权。土地流转好处多多：其一，农民转让出来的土地可以为他们带来土地租金；其二，转让土地上的蔬菜可以带来"分红钱"；其三，农民可以受雇佣，照样在自己的"地盘"上干活，多了一份工资收入。时代在进步，农民的观点和需求也在发生变化。对于土地流转这样一个新兴事物，大家需要的是了解、适应和接受的时间。

土地流转之后，零碎的土地连成片，就可以引进机械取代人工了。今日的水稻耕种展现了令人振奋的乡村变化，构建出农业要强起来、农村要美起来、农民要富起来的美丽蓝图。宝坻区黄庄镇紧邻潮白河。稻米是这里的主打产品，水产也远近闻名，尤其是鲫鱼，只需要用最朴素的烹饪方法，细腻香甜的味道就会出来。在城里有一种乐趣是"撸猫"，在乡村则有一种乐趣是"撸鲫鱼"。游客们可以在鲫鱼养殖场专门安排的区域里下水抓鱼。那天运气不错，满载而归的我可以学习做农家菜——家常鱼。农村的厨房是我的挑战区。面对大铁锅，怎么样把肥美鱼肉双面煎至金黄色？放入多少调料可以让这道菜焕发出原始的自然风味？……到处都是问题。经过一番手忙脚乱，在村民们的帮助下我做的鲫鱼终于出锅了。用的是最常见的做鱼调料，可与在家里做的味道就是不一样。这都是柴火"惹的祸"，它像魔法棒一样，会为锅里的菜添加独特的口感。鱼好了,蒸锅中的米饭也开始散发香气,村民们用心准备的炒土鸡蛋和蔬菜也上桌了。完美!这为认识稻田和这里的乡村生活画上了圆圆满满、色彩斑斓的一笔。

现在好多年轻人估计都忘了食材还没成为一道菜的样子,更不用说厨房和厨具的长相。对他们来说,外卖就是现代厨房。餐馆的味道渐渐地在取代家里的味道。前一阵子我和来自四川的好朋友聊到美食,说到四川火锅时,她感慨着说,过去在老家火锅底料都是家里人自己炒,和饭馆的味道完全不一样。去年她特别想吃奶奶自制的泡菜,就给奶奶打电话问怎么做。奶奶已经习惯了年轻人不愿做饭、不愿学做复杂的菜,就说"你在北京买不就行了嘛"。但我朋友坚决要学,因为家的味道是买不到的。我也开始跟着想,想起还没来中国时,一到夏天就会看到妈妈在厨房里忙着熬制草莓酱和苹果酱。秋天到了,妈妈会忙着腌制黄瓜,做一些冬天的时候可以拿出来吃的美味。这样的制作方式解决了过去没有冰箱的问题,让蔬菜和果实陪着大家过冬。之前只知道吃,除了吃,我所看到的确实也只有"制作过程太麻烦"。可现在我看到的是我们慢慢地在失去家的味道,也正在丢失一个个地方特色。网络发达的程度也让我更加珍惜无法复制的味道。在网上什么都可以买到,从家乡给中国朋友带特色产品,还要想半天什么东西是在网上买不到的。为了能给他们带去不可复制的家乡美味,现在回家时我会和妈妈一起制作苹果酱。那透明的小玻璃瓶子里装满金灿灿的苹果酱——那是满满的心意。瓶子里一小块一小块的苹果守护着家的味道和拉脱维亚的味道,象征着平平安安。因为自己长大了,所以看一样东西和事情会有更多的感触。世界因不同而更美丽,因此我希望我们尽早有意识守护自己家乡独有的味道,守护文化,守护我们与味道的回忆。

勿忘本心,勿忘回来的路

——湖南花瑶

美丽的云朵

随风而游荡

抱着那座山

抱着花瑶乡

中国土地辽阔,大自然馈赠给这里的景色美不胜收。有时候坐飞机经过山区,偶尔还会看到山谷里较分散的小村落。看着藏在深山里渺小的村子,就想知道关于那里不广为人知的生活到底是什么样子。

2019年8月份,机会来了。我接到了中央电视台国际频道《外国人在中国》节目组的拍摄邀请,一起探寻一个命运被改写的地方。

安泽在花瑶乡

你好，雪峰山

去雪峰山，从北京出发坐飞机的话，到达怀化市后需要再开两三个小时的车；如果坐高铁到怀化，再开车到地方也可以，但这样几乎要用上一整天的时间了。我们白天从北京出发，行至夜色笼罩着山川，路上的急弯多了，耳朵有微微的耳鸣感。手机里的指南针显示海拔已经达到了一千多米。晚上十一点多，我们终于到山背了。不畏远方，让我走进了这里，走进了湖南最大山脉——雪峰山。与它的面貌正式见面的时刻就要留到第二天早晨了。

太阳悄悄地从山边起身。早上六点多醒来，还想在被窝里赖几分钟床，眼睛却望向还没拉开的窗帘：窗外的风景究竟是怎样的？穿上拖鞋后，我用双手用力地拉开了窗帘，阳光立马照进来了。出去站在阳台边上，一眼望去，简直是身在画中。我想让眼睛代替相机，拍下眼前的美，遗憾的是世上还真没有一款相机能够拍出眼前所看到的。山脉延绵不绝，绿油油的森林与竹林在这里手拉手地生活着，大自然好像在这里留下了深绿浅绿的色盘。一座座山之间，还多了一个人与自然的杰作——梯田。我终于亲眼

梯田美景

看到了梯田之景！前几年在南京主持江苏卫视《"同乐江苏"外国人学唱中国歌》节目时，我选择了演唱《谁不说俺家乡好》这首歌，歌词里有几句唱的就是梯田。当时我只能靠在网上搜到的照片找感觉，并唱出对的味道来，让自己相信真正寻访过梯田。时光一去不再来，但是歌声与梯田还在。几年过后，我看到了曾在图片中见过的美景，情不自禁地对着真实的它唱了那几句：

    一座座青山紧相连

    一朵朵白云绕山间

    一片片梯田一层层绿

一阵阵歌声随风传

　　哎——

　　谁不说俺家乡好

　　一阵阵歌声随风传

现在要是再次唱响这首歌,我就能更完美地唱出画面感了。依我看,青山、似棉花糖的白云、绿色阶梯般的梯田都是这里的财富。试着闭上眼睛,听听小瀑布的声音和小虫子发出的声音。这是来自大自然的摇篮曲,是来自大自然的安神减压与心灵理疗的声音。

深山里的花瑶乡

呀！都几点了！安泽呀安泽，要开始执行拍摄任务了，你还站在阳台上欣赏梯田唱歌呀？！到雪峰山是为了走进花瑶乡，要出发啦，go，go，go！

据说，花瑶乡居住着不到万人的瑶族分支——花瑶。车离要拜访的地方越来越近了，很快就可以开始领略他们的乡情与乡音。马路边上已有人等着我们的团队，那是穿着民族服的花瑶姑娘。她身上的服饰散发着活力与热情，帽子尤其引人注意：红黄条纹，有长长的朝上的边儿，帽子的背部还有下垂着的七彩色的小穗儿。初次与我们见面，姑娘笑得很羞涩，有一些不好意思，自我介绍说她叫刘店妹，是瑶王家的儿媳妇，这几天将由她带着我们团队熟悉花瑶乡。

我知道了，你们现在的关注点不在这位姑娘身上而是在"瑶王"称号上吧？首次听到这个名称时，每个人的想法可能都是："莫非在中国还有部落存在？"是的话，瑶王的职责是什么？王者就是首领，他负责什么？我带着疑惑来到了瑶王家。在家门口等我们到来的他很低调，并没有穿着想象中该有的夸张的瑶王服饰。(我……好像电影看多了吧?)瑶王是一位乐观开朗的人。作为这里的长者,他算是精神上的领袖,是花瑶文化的传承者与守护者,倡导着大家勿忘本心,所以当地人才会叫他"瑶王"。

瑶王家是典型的花瑶住宅,一座很有特色的木质结构的房子,屋顶上的"脊柱"有着几个对称的翘起来的部分。我觉得这是当地人乐观心态的表现。几块翘起来的边边宛若是几个笑脸,提醒着大家要微笑着开始每一天。比如,这里山上的天气变幻莫测。我不经意间想到了随时可能会下一场大雨的伦敦,人的心情会随着天空的心情波动。但不管是下雨天,还是晴天,都要微笑着面对。我看着花瑶乡房子的屋顶就有这样的感受。它的寓意应该不是这样子,但至少读完了我的天马行空的解读后,希望诸位心里温暖的感觉会油然而生。好,大家喝完了我的"安式鸡汤"以后,咱接着往下说。说起这个房子,它刚修建不久,但房子的主人并没有选择引入都市楼层的范儿,没让这里时尚起来。想想,要是这里人想赶时髦了,那时髦与大山可能就不协调了,看着就会感觉别扭,像两个不同的世界放在了一起,怎么看都像"别爱我,没结果"的结局。一些地方的确适合变得更现代,而一些地方需要保留自己的文化,因为这就是当地独有的特征。

这几天我住在瑶王家,刘店妹把自己的房间让给我了。室内环境与想象的不一样。这里离市里是很远,但这不意味着当地人的生活没有改善与好转。原以为这里的条件会艰苦一些,家具也会旧一些,但进屋以后,我发现家具和市里的没有太大的区别。看得出来当地父老乡亲们的生活有所改变。房间里有一个上锁的大箱子,特别像电影里装满宝藏的大木箱。(又来了……电影看多了。)看到这个箱子,我自然会好奇地猜想里面是不是有什么很特别的东西,其实这个箱子已经在我脑子里打开好几回了。不行,刚进屋,"抢"了人家的房间,还想请对方打开箱子看看,这不合适吧?嗯,不合适。用套路吧。行动!"哇!刘店妹,这个箱子好好看呀,它很特别吗?"我成功将话题转移到想要的方向。刘店妹对我说,这是花瑶姑娘们的永相随的箱子,叫作女儿箱。她慢慢地打开箱子,里面都是叠得非常整齐的五颜六色的传统服饰,有她出嫁的服装,还有很多传统的围裙。这些衣物上的花纹和图案都是她自己一针一线亲手绣的。原本纯黑色的一块布,绣上图案后就根本不是原来的样子了,也找不出黑布的原貌。这种传统技艺叫作挑花,是花瑶独有的。我触摸着这个指尖上的艺术,感受着紧紧抱在一起的小十字形成一个完整图案的模样,觉得它是一个非常不可思议的手工技艺。这个生活在山背上的民族是没有文字的,挑花则是女性记录生活与表达自我的方式。到了挑花坊,你不会看到花瑶姑娘们拿着

挑花坊

草稿照着绣图,图案早已在她们的大脑系统里,双手负责"打印"即可。老手艺了不起,姑娘们的记忆力和发挥能力不得不让我这个连乘法口诀都记不住的人赞叹不已。这还不是重点,重中之重是绣的图案还得是对称的!瑶王说看一个女孩子的绣品就可以判断出将来这个姑娘会不会是一个好妻子,会不会持家。也许就这一点,会让男生与男方的家庭决定是不是可以把她娶回家。难度这么高的手工艺,换作我是花瑶姑娘,那估计得孤独终老了。

在花瑶乡,从小妈妈就会教自己的女儿如何挑花。妈妈本身也会为女儿准备嫁妆。刘店妹说成了人妻以后,她也要为下一代准备挑花服装,祖祖辈辈都是这样。现在挑花已列入非物质文化遗产项目,这门手工艺遇上了传承的问题。有的年轻姑娘学这门技艺不是特别心甘情愿,刘店妹说现在好多年轻人都不会绣了,要嫁人了就选择简单的路子——买。可是绣出一整套服装需要两年左右,这样的"花瑶婚纱"的价格不菲。要买一条传统围裙就得掏出两万元左右,数目不小,年轻人还需要时间去醒悟拿出两万元(不算其他大喜的日子需要花的钱),这是多么不容易。看看花瑶女儿箱里的手工艺品,件件都加在一块儿能值二十万左右。可是这老手艺真的那么好卖吗?它的实用性与价格在当代人眼里是不同等的。绣的时间长,它是值这个价,但是不进行"改良",这个魅力无穷的手工艺就很难传承下去了。不能带来相应收入和前途的事情,年轻人就不会把它当作自己的梦想,不会为它付出。

在刘店妹的指导下我尝试着掌握挑花的基础。针线在我手中开始走路了,走得很小心,怕走错路,就像走在若干年前前往雪峰山深处的路,那时不是现在的道路,而都是泥土路。那时从这里走到县里都需要几天的时间。刘店妹讲自己出嫁的时候,新郎为了准时出现在新娘面前,接亲都要提前一天出发。办完喜事要把新娘接回家,这又是一天的时间。两天过后才算是喜事圆满完成。

在院子里择菜的时候,花瑶奶奶拿着小板凳过来和我们一起择菜聊天。她见证了雪峰山封闭式生活状态的年华。我问起老奶奶去过最远的地方是哪里，她回答说是隆回县。过去只有山路可走，需要几天的时间才能到，现在则不到30分钟的车程。现在个人发展机会增多，许多年轻人会去外地闯荡。这种现象不只在雪峰山地区的乡村发生着，在中国其他乡村也存在，子女离家，老人独居，家庭成了"空巢家庭"。在外地学习、工作的年轻人回家的次数很少，与家里人通电话时，家里人会说："回来一趟太折腾，就别麻烦了，爸妈都很好，你忙你的。"但是潜台词可能是："我们想你了，你什么时候来看看我们，哪怕一天的时间或几个小时的时间都行。"我的高中同学与大学同学约有百分之六十都在外地发展，离开家去发展没有错，家里人会支持，因为天下父母都一样，都希望孩子比自己发展得更好。一个好机会摆在面前，为何不去实现自己的人生价值呢？参加工作七年后，我才有了今天的感悟：我们长大成年了，就是一个独立个体，父母支持我们选择自己的人生，可我们为什么不能拿十分钟的时间和父母视频连线？为什么不能打个电话聊聊一些有的没的，让家人有我们在他们身边的感觉呢？忙碌和拼搏是为了更好的明天，但是生活真的只有眼前的忙碌吗？为什么一定要发生一点什么，人们才会开始怀念家里长辈的"唠叨"呢？……

我是家里的独生女，来中国前，与爸爸、妈妈还有姥姥住在一起。现在回家的次数，闲时可能是一年三四次，忙时就一年一次。在中国读书时,寒假都不一定能回家。放假时有时间回家,但没钱购买往返机票。春节时特别想和爸爸妈妈团聚,因为那时学校简直是一座空城。我是很喜欢独处的人,但是那一刻的我还是很寂寞的。看着其他学生都纷纷拉着箱子回家,我只有羡慕的分。因为春节是长假,大家都想出去看看世界,所以寒假也是旅游旺季。前往拉脱维亚没有直飞航班,机票价格本来就不低,再遇上寒假旅游旺季,票价会涨不少。我的家庭条件一般,之所以能来中国念书,是因为获得了奖学金。每一个月的生活费只够吃住、买日用品和一些便宜一点的衣服,不够攒钱买机票。无可奈何,在外的十几年的时间里,我与家人见面的次数都能数得过来……现在的日子慢慢好起来了,有一年我实现了妈妈的梦想,带着她去中国江南水乡游玩。那时我们好久好久没见面了,我不经意间看到妈妈有了白发。相信那一瞬间很多人都不知道该怎么面对"空巢父母",我只有压着自己的情绪,藏着湿润的眼眶。父母一直支持着我走自己的人生道路,可如何平衡陪伴和奋进?我还没想好,但花瑶乡的人对此已经给出答案了。

自信来源于文化

通往雪峰山深处的路通了,也打通了花瑶乡崭新生活的道路。路通了,游客们可以更方便地来花瑶乡体验当地文化。那次我们团队正好赶上了当地一年一度的盛大节日讨僚皈。最初此节日是为了纪念花瑶在漫长的岁月中经历过的坎坷,依我看,这个节日更是花瑶文化的载体,充满随处可闻可见可触碰的花瑶文化。逛吃逛吃是开启体验的第一步。沿着往崇木凼村走的路,各种特色美食与商品琳琅满目。每逢讨僚皈还有实景演出,是一部浓缩版的花瑶文化史书。当你在"逛吃逛吃"街上品着当地特色美食挑着纪念品时,身着传统服饰的花瑶男男女女会与你擦身而过。前往实景演出地点的他们会敲锣打鼓,跳着民族舞,迎接大家去观赏精彩的演出。跟随他们的脚步,我们走到了演出的地方。看台是一个有坡度的小树林,而舞台与原始的崇木凼村古建筑融为一体,视觉效果很好。挑花绝艺、呜哇山歌、情歌对唱等节目一一呈现,加深了我们对这里乡土文化的印象。

当然,简简单单地在这里打卡就踏上回归的路途已经满足不了旅客的心。这里有刺激的玻璃观景台、热闹的拦门酒仪式与篝火晚会,有"瑶池仙境"高山温泉游泳池和承载着历史文化元素的古道。拦门酒仪式是我既喜欢又害怕的当地人迎客的风俗。站在景点门外的花瑶姑娘们会用歌声拦住客人,敬远方贵客一杯酒。摆在门前的桌子上有装着花瑶人自酿的米酒与自制腊肉的瓷碗。甜甜的米酒度数不高,可还是要小心,它后劲儿比较大,可别刚开始体验花瑶文化,还没进景区门就结束了。在这里我第一次看到了"花式"拦门酒仪式。当时我们没有任何推辞就爽快地拿起了瓷碗开始饮酒。可谁知拿着碗饮酒时,热情的花瑶姑娘们会继续往你碗里倒,把酒填满。你再喝,她们再倒,如此重复,在我面前出现了一座用瓷碗和酒壶堆成的"酒之山"。这叫作"高山流水",我也算是重新认识这个词了。

文化是这片土地的主旋律和自信的来源,而旅游是奏响旋律并让旅客听到它的乐器。旅游的设计跟雪峰山的自然风光有着紧密的联系。2017年2月份雪峰山万光索道动工了。索道将从怀化高铁站直通花瑶特色文化区,为游客带来新鲜的空中游览体验。

我总是忽略湖南省也有冷天气。以前在中国东北上学,觉得只要是北京以南的地方,那就都是四季如春。2012年,我第一次去湖南省长沙市时是快到12月份的时候,特别高兴,因为觉得可以暂时告别厚上衣和毛裤了。这正是一个不少外国人会忽略的事情。湖南省虽然在中国的南方,可是湿度比北方要高不少。也许温度没有东北低，不过南方的冷可真的是入骨之冷。这次我还是误以为雪峰山是没有冬天的。但当研究雪峰山的专家给我看他拍下来的绝佳雾凇美景与雪景时，我明白了这座山是有四季的，而冬天是其冰雪神话。将来在这里会有冰雪大世界——滑雪场，可以让人回味烂漫。

花瑶乡家门口的大好风光成了景区，父老乡亲可以过上更好的日子了，年轻人也多了一份选择：可以在家门口工作。这是一个可以宣传本土文化和有稳定收入的工作，令老一辈心酸的"空巢现象"也有了喜人的变化。

村民们其实是美丽乡村中一道多面的风景，混合着喜怒哀乐、悲欢离合。正是因为有他们，花瑶乡才会有不平凡的故事发生。还记得我说与老奶奶一起择菜吗？那天的菜肴特别丰盛，一道道菜，给人五颜六色的视觉享受，色香味俱全的乡土美食洋溢着浓郁的花瑶风情。食材都出自村子，自产自足。其中有一道特色美食从色泽上看上去没有太大吸引力，却是接待重要客人时才会出现在饭桌上的。它是一种可以油炸或蒸熟的揉搓成小丸子的粗粮——糁子粑粑。不用说，你也猜得到，有一位重要的客人要来了，所以今天的午餐比较丰盛。刘店妹说这个人改变了雪峰山和花瑶的命运。他叫陈黎明，老家就在雪峰山。他在外站稳了脚跟，就决定带着一笔资金与合作伙伴一起开始人生第二次冲锋，想通过开创雪峰山生态文化旅游让当地父老乡亲过上好日子。

择菜

感恩永远不会太晚。雪峰山上发生着日新月异的变化,传统民俗文化与新时代紧紧联系在一起。陈黎明先生的愿望是让回家的路成为父老乡亲的致富路。他的故事让我想起挑花的技艺。在学习绣最简单的"口"字时,刘店妹就和我说过,挑花的技巧在于一个小细节,怎么挑都要回到原点结束自己作品的最后一针一线。诗意的说法就是"追逐远方的梦,莫忘回家的路"。这是挑花艺术所说的,也是陈先生所做的。

前往守护初恋味道的地方

——四川青神

2020年我学习汉语已经有15年了。这么多年来我研究出了很简单的可以帮助提高听力和语感的方法,其实那就是:打开电视!当我在家里做家务活、做作业、出发前化妆时,电视一直都是开着的。建议播放新闻频道,就像学英语的中国学生也会选择英语频道来锻炼锻炼自己的耳朵。虽然是在做别的事,但大脑还是会让主播说出来的个别的词和新闻点入耳的。绝对管用!

我记得有一次播出的内容与中国乡村有关。画面里是苹果园，大个的苹果在树上等着摘下来，成为消费者心仪的那一个。可是下一个画面就没那么有美感了。充满维生素C的苹果们在马路边上堆成堆，农民在旁边等候路过的人来买。产量很大，靠在村庄的马路边上卖掉全部果实是不大可能的。绿色有机的苹果就在这儿呢，价格诱人却卖不动它……青年才俊们在远方追求更好的未来，留在农村的老一辈不知道如何用互联网让果实成为他们的希望之果、致富之果。

叮！您喜欢的远方的味道已上线哦

2019年1月份我去了四川，走访新的地方当然想知道其基本情况，包括当地特色美食与特产是什么。在我看来，四川省是一个漂亮的辣妹子，因为当地人爱吃辣。川菜的主题色也是随着这个喜好走的，是红色。辣椒是主色调的负责人，是川菜的"棉被"。在四川，食物里放入大量的辣椒是和当地气候有密切关系的。辣椒有助于散寒除湿，会让血液加速流动起来。在中国多年以后我的饮食习惯变了，开始能吃辣并喜欢吃辣的，但是当我想把特别好吃的四川麻辣串串分享给父母时，我的好心"成功"失利。爸爸妈妈吃了一口就觉得辣得不行。这次我考虑再三：从四川带特产的话，非辣椒莫属吗？辣椒可以说是四川省代表性的食物，可这次我知道了不光有它可以为四川省"代言"，四川还有另一个"代言人"。

庞大的空客330即将从北京飞往成都。每一次出差我都会和父母说一声，爸爸会关注我的航班。这次爸爸吃惊地说："看到了你的航班信息。中国境内城市与城市之间的航线也需要派从中国到国外一样大的飞机来飞?！真的要坐 A330 飞机吗?"拉脱维亚境内仅有两个机场,但基本是以首都国际机场为主。在我家乡很少看到能够容纳 200 多位乘客的飞机起飞与降落,国际航班的飞机也是如此。父亲通过这样的比对就能想象到中国有多大,能想象到中国大城市的规模远远大于拉脱维亚首都里加,也发现中国的大城市不只有北上广。落地成都后还需要坐近两个小时的车才能到地方。我们的目的地是四川省眉山市青神县,要是没有任务在身也许就没有机会来这里。

您可能没听说过青神,但想必苏东坡先生您肯定听说过。青神有着"苏轼第二故乡"的美称,也被誉为"南方丝绸之路"。据记载,此地域曾是古代贸易路线,是对外连接的通道之一。2000 年青神还获得了新的美誉——"中国竹编艺术之乡"。这里的竹编艺术很多年前开始生根发芽,现在已是青神县的经济支柱之一,畅销国内,也远销欧洲等地。可我这次来到青神与它另外一个美名有关。在赶往离活动现场不远的酒店时,我注意到路灯柱子上挂着活动的小海报,主题为"眉山春橘　椪香万里"。青神县即将迎来眉山市第二届晚熟柑橘节暨第九届椪柑节。可见,四川不光有辣椒,还有众多值得我们去品尝的特色美味。车到酒店了,我进了房间以后发现在桌子上有一个小礼物,那是明天活动的"主咖"——青神椪柑。

椪柑是青神的特产,其外表和大个的丑橘很相似。它的外貌可能会让你想和它保持一定距离，但是当地人说它厚厚皱皱的皮囊里可是藏着甘甜如初恋的美味。有这样的带有初恋味道的椪柑摆在我面前，我还不赶快品尝品尝？"好奇宝宝"安泽马上要在一月的寒冬里享受香甜美味。剥开了椪柑的皮，掰开了一个果瓣尝尝。接待方看着我的表情，期待我说出对椪柑的评价。啊……我吃的时候好像都闭上了眼睛，满嘴都是这个水果甘甜多汁的味道，可以说我真的吃到了春意，盈满初恋的味道。

说椪柑是"初恋果"还真不为过，接待方与我对接活动流程的时候也介绍了椪柑。它是一个有故事的果实。原来，椪柑之乡青神县是北宋大文豪苏东坡先生初恋的地方。他的妻子王弗就是四川省眉山市青神县人。听当地人说，苏东坡与王弗在青神相恋闹小别扭时，苏东坡剥开一个橘子说"磕磕碰碰，甘之如饴"，之后便有了椪柑之名，也是因为他们两位的爱情故事在这里扎根，所以青神椪柑又称"初恋果"。故事流传至今，让椪柑这个美名在很多同类的水果中脱颖而出。接待方离开后，我开始做功课与顺词。我越来越期待活动的到来，也越来越好奇：这个果实是怎么从一颗"初恋果"发展到一条产业链的呢？

活动的开幕式安排在了上午。我们路过为黄澄澄的椪柑做的大雕塑，大大的竹篮子里装满了橙黄色的椪柑，一些调皮可爱的椪柑们从篮子里溜到外面去了，准备着离开家乡让椪香飘到更远的地方。左侧还有三个铜像。背着背篓的、挑着担子的和拿着大篮子的三位劳动妇女采完果实满载而归。每一颗椪柑,都承载着果农在夏季时给椪柑地奉献的精力,承载着果农太多的辛勤和期盼,因为那是他们的希望。

椪柑鲜艳的橘黄色那么让人着迷,散发着热情与暖意。椪柑是出了名的慢性子,慢慢地把阳光的爱意积淀成脆、爽、甜,富有营养价值。我很喜欢橙色可以给人们带来的动力与快乐,所以上台前的心情与状态都达到了内心澎湃的最佳状态。还有几分钟活动就要开始了,我手里拿着"小可爱"为它拍了一张照片,开场舞的音乐奏响了。

为椪柑做的大雕塑

手中的"小可爱"

在我看来,一年一度的开幕式跟相声团体的开年第一场演出有着一样的意义:回首一年的努力与收获,响亮地开启新一年的计划,定下下一个目标。为此,开幕式主办方选择凝聚更多的社会力量,请来几位明星参加开幕式。几位知名歌手在开幕式的前一天到了椪柑采摘园好好体验了一下椪柑的口感与采摘的乐趣。香甜又健康的绿色水果与明星歌手一起上了直播,青神县的"大咖"其实就是想让屏幕前的人感受到城市之外的泥土的芬芳。来参加开幕式的有我的两位好友,他们也到眉山采摘园参加了采摘活动。有的果农向他们分享说种植椪柑三十年了,还是近几年发展得最好最快。为了推动当地果实种植业发展,几年前当地年轻人成立了合作社,只有几家种植户参与,现在都有几百多户了。有的果农和几家村民成立了家庭农场。之前,果农都没想过自己的日常采摘可以给人们带来不一样的乐趣,觉得采摘没什么特别的。但是去采摘园的朋友不这么认为,他们觉得吃自己采摘的水果,会感觉味道更甜。很奇妙,自己的双手可以增加果实的甜度,更不用说为朋友或家人送上这样的礼物时说"这是我一心一意地为你摘的水果"。礼物不值多少钱,但果实多了一颗心的温度。一月份是果农们最忙的时候,接待游客,采摘,装箱售卖……"嘴里甜蜜蜜,心里美滋滋。"分享参观后的感受时,我的朋友这样形容青神县靠椪柑致富的乡亲们。

2019年青神县依托椪柑脱贫的体系已经基本形成,但在这之前有几年的时光是寂寞的。那段时光没有今天的掌声,因为那是一段新的思路与传统观念在调和的时光。活动结束后一位司机师傅送我和朋友到机场。一路有一个多小时,我们聊起来了,我才知道他其实是一名椪柑推广公司的职员,这次负责接送工作。司机师傅几乎目睹了青神椪柑的发展历程。我听着他的介绍,也在网上同步搜索相关的资料,想更好地了解椪柑的"档案"。

现在农业经济多元化了,最早一批从农村里走出来的乡下孩子,因为爸妈从事这个行业,就想着尝试成立合作社,研究怎么融入电商。家里人是果农,不懂电脑,更不用说懂网络,简单操作都会,但是说到电商还是需要外界力量的注入。有一家合作社的监管人就是青神县的。过去和家乡的水果多年如一日地过日子,父母忙着干活,而他上学时对干农活不太感兴趣,也没想做这方面的工作。当电商行业开始走向做买卖的舞台中央,年轻人发现这是一个很好的赚钱机会,于是想把它发挥在自己最熟悉的家乡的味道上。最初加入他们合作社的种植户并不多,只有四五户。年轻人想让网络大环境对椪柑产业起到支撑作用,让远方的客人知道和喜欢"初恋果"。第一个考验团队的事情就来了。接大订单的话得统一管理,保证果品的品质。青神椪柑是种植户的经济产业支柱,几乎家家户户都在种植与出售,但是管理方式不一致。每家每户都有自己的种植方式,不讲究专门研究土壤和其他直接影响水果质量的重要因素。以前来乡里收购椪柑的果商不知道椪柑是青神县的特色农产品,以致收购价格比较低。合作社就想带动散户一起发展,把当地农产品品牌化。把大家拢在一起做同一件事,以便发展得更好,但是当合作社的年轻人和村民之间有想法的碰撞该怎么办?年轻人选择拿自己家的一块地尝试,因为果园的建设要标准化,土壤、肥力等指标得达标才能成功与网店"联姻",把水果与电商行业融合在一起。新路子的初心很好,集中统一园区式管理的形式也为全乡贫困户产业脱贫谋划了新路。但知易行难,比如说，要标准化——让近三千亩的地以同样的标准进行种植并不是一件容易的事。若想成功，便要耐得住寂寞的时光。

椪柑，富了青神

在青神县奋斗的人完成了青神椪柑国家地理标志申报，严格制定了青神椪柑地理标志管理办法。聘请专业机构、突出青神元素、设计制作 logo、改进包装、提高档次和形象等系列工作依次完成，准备全面展现青神椪柑的魅力，推进高质量发展。这离青神椪柑成功上线又近了一步。发扬当地特色与传播当地文化要再次面对考验。司机师傅说，统一化与品质问题解决了，这就要考虑椪柑运输保鲜的问题。网购可以让椪香轻轻松松地飘到买家身边，也可以帮助人们实现富裕的愿景，可是中国东南西北的气候不同，发货地与收货地之间的距离可能很远，要解决天气带来的考验。在包装与椪柑抗寒能力上，合作社做了很多研究和提升。网购群体以年轻人为主，销售农产品跟销售旅游产品一样，光介绍游山玩水的乐趣没有新鲜度，要想办法让消费者在这么多的选择中喜欢你的产品。好商品需要好的推销方式，在这方面青神县的人们想到了融合历史人文故事，打"初恋果"的概念进行推广。

我觉得，一个新的合作可以为青神县的果农与负责经营电商的团体所付出的努力说话。2017年,又到橙黄橘绿时,一年好景邀君来。青神县很幸运,与网购平台京东签署战略合作协议。京东为"初恋果"助阵,完善了覆盖青神县乡村的电子商务物流配送体系,开放了京东平台,也为青神县大型电商培训交流研讨会提供了课件研发、专业讲师等支持,支持青神打造特色农产品品牌。大平台的支持发挥了很重要的作用。椪柑产业具备相当大的优势,知名度进一步提高。当地政府也提供了产业扶持,"产业发展到哪里,基础设施就配套到哪里"。理念与行动吸引了不少离开家乡的人,返乡创业人士多了不少。说真的,我们知道有这么一个地方,有这么一个产品,意味着有一群人作为我们最初看不到的"攀登者",举着"美丽乡村"的旗帜,把它成功安放在那个让更多人看得见的地方。

车到机场的出发层,我还在回味着"初恋果"的故事。我不是特别了解椪柑的过去,但我看到了椪柑的今天。主持词里提到椪柑已是青神县的品牌,先后荣获"中华名果""四川省名牌农产品""原产地证明商标""绿色食品"等多种荣誉和称号。椪柑,富了青神。选择坚守,为的是拥有更好的明天。它一定会到的,那个我们想要的明天。

一个连空中都弥漫着中草药香味的地方
——安徽亳州

去一个地方可选择的出行方式很多,但有一种最慢却最有情怀的方式是坐绿皮火车。我家亲戚都分散在不同城市和国家,所以过去我和爸爸妈妈经常会坐火车去探望他们。每年最期待的是去姥爷家,因为坐火车的时间最长。由十几节车厢组成的火车要路过两个国家,走两天两夜的时间才能到我姥爷以前住的地方。火车里面的软卧和硬卧一样,一侧只有两个床位。软卧和中国的一样,是带门的独立空间。上铺一直以来是我最喜欢的。家庭条件不是特别好，因此我从小就没有单独的房间。安泽小朋友就把上铺的空间暂时看成是一个专属小房间。那时候火车的窗户是可以打开的，能打开四分之一。从两边摁住两个按钮往上一拉，风就会吹进来。车厢晃晃悠悠，我在上铺看着文学课老师留的暑假作业——读世界名著《罗密欧与朱丽叶》，听着车轮压过轨道连接处的悦耳声音，很惬意。有十六节车厢长的火车一拐弯，我就想看看火车的尾巴。在爸爸妈妈不注意的情况下，我会悄悄地从窗户里微微地伸出头，想多看一眼火车尾巴追着火车头的情景。它怎么追都追不上。那么乏味的事，当时怎么感觉就那么好玩呢……

火车上的人都怀着不同的心情。可能那个上车的车站成了两个人离别的车站，也可能有恨不得给火车插上翅膀想快点到目的地的人……出发，可能是为了忘记一些什么，可能是为了想起一些什么。车上形形色色的人都带着憧憬出发。无论心里装着的是什么，绿皮火车的慢总会给人岁月静好的感觉。

野花香,蝴蝶忙,安泽要再次下乡

追求速度的时代让中国的火车也提速了。我前往这个目的地是在 2019 年 10 月中旬。当时那里的高铁还没有通,处于试运行阶段,我得到了回味乘坐绿皮火车的机会。我在时刻表上看了火车信息,原来要乘坐的 Z386 车次是从三亚到长春的火车,这列联系着中国南北的火车要把我带到安徽省。路漫漫,依旧是上铺,只不过车厢的景象变了。乘客手里拿着的不是电脑就是手机。我也一样,用手机与电脑看着跟要访问的乡村有关的资料,做笔记,一弄就是七个小时。乘务长在广播里说快要到站了。"亳州站,曹操的故乡。"一位乘客说道。思想家老子、三国曹魏政权的缔造者曹操、医学家华佗等历史名人都出生于此。我要去的地方就是这里。

亳州是中国中草药材交易的枢纽站、四大药都之一,是一座连空中都弥漫着中草药香味的城市。上了出租车以后,我注意到城市的路名也体现着地方特色。常有人误读亳州的字音,把亳州的"亳"字误读为 háo。"亳"字和"毫"字极像双胞胎兄弟,就差一横。不亵渎文字,认真读字：亳州的"亳"念 bó。亳州打响了"药都"的名称，这决定了它周围乡村发展的轨迹。村民们种植的也都与药材有关，所以我这就准备到这里的乡村看看有什么不同。来到了以做中草药材生意而闻名的地方才发现，原来中草药品种繁多，不止我们常见的那十几种。天麻、生地、玄参，还有很多陌生的词，都是药材。我在中草药材中也看到了不少熟悉的植物和小虫虫，可我从来没想过这些地上长的、地里爬的，在我们脚下的生物几乎都是有药效的珍宝。说中草药有上千种都不为过，连亳州的市花——芍药花，也是中草药材之一，浑身是宝。它花容绰约，是一个大大咧咧的美少女，层层叠叠的花瓣是这朵花的连衣裙。日暖风和的 5 月一到，人们就会想起它，前来亳州欣赏芍药花红霞满天的景象。当地与中药打交道的人知它还有药效。它是美丽的市花，也是当地老百姓增收的种植物。

很可惜没赶上芍药花吐芳香的时候，也错过了丰收的喜悦。眼下，正是 10 月底的时间，车快要到钓台村了——我们的目的地。乡村的颜色显得很淡。农活已结束，秋天的花木大多都枯萎了，但在路上时举目一望就看到了还有几片白色田园。那是雪白的菊花正在绽放，美不胜收。我开始想象自己不由沦陷在迷人的花海中的样子。不想象了！这不就在眼前嘛，去探秘！连藏在一群云朵里的太阳都露出了一抹暖阳向我示意，支持我不错过与沁人心脾的菊花邂逅的机会。娇媚菊花的香,香到仿佛自己是掉进蜜罐里了,心情愈来愈愉悦。小花朵们掀起了我童年的回忆。小时候女孩会用菊花的花瓣寻找心中的答案,拿着小菊花,把一个个的花瓣摘下来,摘一个就是"他爱我"的意思,再摘下一个花瓣就是"他不爱我"的意思。到了最后一个花瓣轮到哪一句话,哪一句就是对这份暗恋的答案。答案要是顺我们的心,小游戏就会结束;要是不顺心,就会再玩一轮,直到结果是"他爱我"为止。很幼稚是不是?但却是很耐人回味的童年小美好。

为一些人和事付出是值得的

本想走进秋菊花海,可它生长的地方不像田垄那样,中间有小道可走。采花的几位大姐喊着我说不能往里走了,容易伤到自己。我只能在一边拍几张照片,或是像她们那样,从一边采花,采完以后就一步一步地往里走。我们聊起天来。原来,这些花是专门为制作药材和凉茶而种植的,采花是这里的农民除了农活之外的工作。我参与采花工作的行为让大姐们很感动,因为她们知道采花实属不易,对新手是一个不小的挑战。采的难度不高,可要站很长时间,有时往里走时野菊的根部还会扎到腿,要注意脚下的路。过了一段时间,大姐们脸上都挂满了汗珠。真真切切地融入这里,我深深地感受到和花儿们这样的接触还是挺辛苦的。不过对我来说帮助大姐们做一点什么,再热再累也都是值得的。采花时我忍不住编一个小花环回忆起少年事。编花环是拉脱维亚夏至节的传统。花环有两种,一种是栎树树枝做的,一种是各种普通的花做的。我的第一个花环就是在家门口编的。那时候我还很小,爸爸妈妈只允许我在窗外他们能看得到的地方玩。在我和小伙伴玩儿的草地上正好有很多花在生长。比我大一点的姑娘已经会编花环,就是她出主意说要编花环,并教我们怎么编。现在想,好多年都没做过这件事了,但每一个如何编的动作都印在记忆里。一顶淡雅的秋菊花环很快就编完了,我戴在头上给干活的大姐们看。她们还是第一次见到外国人,格外激动,也有点不适应一位外国人能和她们无障碍地交流。一位大姐家的孩子马上就要去上课了,临走前特别着急,想要和我合影。我痛快地答应了,因为说不定和我这个外国朋友的合影会激发他在英语课上更认真更投入一些吧。一些人的思想或行为,可能会因为一些偶遇的人或偶然的事而改变。可能对小朋友来说,这次我就成了让他改变的人。也许下次见的时候,他就会用一口流利的英语和我交流。拍完照我把花环上的花朵都摘下来放入麻袋里,这毕竟是大姐们的辛苦钱,不能浪费。几个钟头以后我们装满了好几个大麻袋。这份工作的收入是根据采花的量而决定的。大姐们说一天能采好几个麻袋的秋菊,可花朵们都很轻,所以干一天的活可以得到100元左右的收入。我第一反应是:"这也太好了吧!和漂亮的花儿们亲密接触还能带来一点收入,多好!"可下一秒我像换了一个人似的:城里的消费高,喝三杯咖啡,一天的辛苦钱就花没了。但在乡下这不算是小数目。我看见大姐们脸上虽有汗珠,可她们一直在微笑。农活干完了还能赚点外快,岂不是好事嘛。

忙了一下午,我要拜见的人来了。他叫佟志鸿,长期生活在苏州,做中药材生意。以前逢年过节才回老家,现在因为有新的针对乡村发展的想法,他就会常回来研究此事。妻子和大儿子也在苏州,而小女儿目前和外公外婆在钓台村一起生活。佟大哥抱着三岁的女儿思涵走过来,说可以带我去看看他的新创业项目。我们走进了他家人种植小辣椒、生菜等蔬菜的园子,园子左手边有一个小水池。我发现地上有动物在动,颜色与土十分相似——原来地上有很多很多蟾蜍!这些皮肤上有很多小疙瘩的家伙们俗称"癞蛤蟆"。我记得在农村雨后的马路边上会有不少蛤蟆蹦跶出来,可我没听说过专门要养它们的。为蟾蜍打造有吃有喝的"度假村"是有什么好处吗?怎样靠它们实现佟大哥带着村民们致富的好意呢?我是带着这些疑问来的。佟大哥本职工作与中药材有关,因此他特别了解市场的需求。最近蟾酥和蟾蜍自然脱下来的一层皮的需求量非常大。医疗上蟾蜍皮肤和皮肤上的疙瘩里的毒素是非常有价值的,具有止痛、解毒、消肿等功效。它们是名贵的药材,药用价值广泛,如今又有市场需求,佟大哥观察到每年回收价格都在上涨。这是佟大哥看上的一点。独特的创业想法并没有遭到家里人反对,老丈人和丈母娘尽管知道女婿投资有失败的风险,可他们选择支持,看看是否能成。两位老人把部分土地交给了女婿当蟾蜍养殖场。佟大哥并不想带着村民一起冒险,手里准备了不一定会回本的十万元来"试水"。在时间安排上,他先要做完手里的工作,才能继续研究此事。经过短暂的养蟾蜍的培训,他开始陪小家伙们过春夏秋冬。我想既然需求量那么大,蟾蜍肯定不是好养的。虽然佟大哥说蟾蜍对环境的要求并不高,可一只蟾蜍能给到的珍贵的液体和脱下来的皮不多,要养很多只才能有人或医疗机构愿意回收……生活值得去冒险,他选择试试。

看了养殖基地,我们就要去佟大哥老丈人和丈母娘的家了。在往家走的路上,他依旧坚持抱着闺女。

"您和女儿的感情真好。"

"也没有,我这次回来感觉女儿有点不记得我了。"

"上次是什么时候回的钓台村?"

"也就一个月前吧。我能感觉到她看我有点陌生,心里不太好受,很内疚。"

"为什么不带女儿到苏州呢?"

"现在妻子和我都很忙,等孩子要上学了就会把她接过去。"

男人、丈夫、父亲,当这些角色都在一个人身上时,他更是要面对压力和责任。佟大哥明明可以安心地和在老家的弟弟一起做生意养家糊口,但他知道年轻的劳动力都只想涌入城市，村里剩下的大多是老人和儿童。他始终想着要为老家做一些什么，改变现状。

现在佟大哥老家有了中药材交易平台，以前家里种植的卖不出去的药材终于可以找到买家了。这改善了村民的生活水平。现在村里不光有原汁原味的红砖老房，还有正在装修中的两层和三层的房子。赚点钱就装修一点，再赚了点就继续装修。佟大哥家人住的是两层房，2006年的时候装修的，算是这里的第一批做生意成功的人的家。全家人在客厅里等着迎接我。一家人几乎都说当地方言，我们沟通起来有一些困难，但我能感受到大家的真情和热情。过了一会儿，他们看我捂着手，就快速泡上了菊花枸杞茶。这里与北方的农村不同之处就是没有暖气。我穿的衣服不是特别厚，所以坐的时间越久会感觉越凉。佟大哥说现在农村条件好很多了，基本家家户户都有空调。但其实出生在这里的人并不需要它，因为这是生活习惯，打小就这样。我看屋里不开空调时温度在零上十几度左右。要是没有这杯茶，不适应这里气候的我可能就要成为小冰块安泽了。快到晚饭的时候了，我和他们一家要一起做菜了。我再次感受到了身在药都：人人都懂得养生。我对中药材的印象只有一个——都是苦的。可我怎么就没有想到可以把苦苦的药材适当地融入美食之中啊！这样可以吃到一点都不苦的养生美味。这里真不愧是长寿之乡啊！

那个晚上我负责做凉菜和汤。凉菜的主角就是荆芥,味道接近薄荷的香味,常在一道美食中负责当点缀或配料,而这次盘子这个舞台完全属于它自己。意外惊喜是它嫩嫩的叶子也是常用的中草药之一!我又长见识了。我不是厨房的常客,所以为了避免我在厨房里"捣乱",我们选择用荆芥做简单又好吃的凉拌菜。盐、白糖、酱油、味精都少放一些,但是香油我可不能放太少。我倒了几滴以后,佟大哥的家人说要再倒,再倒,再倒!停!这样就好了。还没到村里在亳州吃饭的时候,我也感觉到了当地人喜欢多放一点香油,让味道更香、更清爽。一顿饭的时间让我们都熟悉了彼此,气氛其乐融融。外婆抱着佟大哥的女儿坐在我旁边。思涵想离我近一点,但我靠近她时,她还是会害羞。我就选择和她玩一个"吃饭饭"的游戏,夹着土豆丝说"看看土豆丝正在向你招手呀,对你说'我是土豆丝,我好好吃,你要不要尝尝'",思涵就特别开心,会张开嘴,让我喂她吃。思涵并没有和我说话,但是这个小游戏增进了我们之间的感情。

养生大厨与曹操鱼头

那天吃饭佟大哥的朋友怀凯也来了。他是一名在亳州研究养生美食的大厨。怀凯和佟大哥一样,也是在农村出生长大的。他说以前乡村里村民的条件都差不多,比较贫穷。这里百分之八十的村民都以经营药材为主,他们家当时也做药材生意。他记得放学以后会去帮爸爸妈妈收白天晒的中药材。过去做这个生意就是赚加工费的钱,也没有多少。不像现在农村的条件逐渐改善,生活条件变得好一些,中药材的价格和生意的效益高了。小时候还是挺苦的,吃的饭都很简单,导致怀凯营养不良。他的母亲说儿子小时候吃了多少鸡蛋,她都数得清。

怀凯出生长大的孙花园村现在城镇化了,变成了小区。偶尔他会和几位发小儿约个时间到曾经的孙花园村叙叙旧。他说小时候冬天降临时,他们几个小朋友就喜欢去村里的池塘滑冰,夏天的时候就会跑到好几百亩的桑园吃桑树的果子,每一次都会摘很多很多——因为没有其他好吃的东西。这个甜果子代替了所有的零食和甜点,孩子们总会不停地吃桑葚子,直到流鼻血。明明知道会这样,却还会继续饱口欲。小时候并不知道桑葚子是有药效的，是有滋补效果的中药材。怀凯说，多亏多吃了这个果子，不然这营养不良的问题可能更严重。吃不好和身体偏弱让怀凯对美食和武术产生了浓厚的兴趣。在他看来厨师像武侠小说里的大侠，可以吃到各式各样的美食，还可以让普通食材成为美味。在药都出生长大，这一点也影响了他的厨师道路。他想做养生美食，所以会在民间挖掘土方，希望自己从农村走出去以后还是能代表家乡把养生美食发扬光大。他记得向一位亳州知名大厨学习烹饪的时候，大厨教他做亳州的曹操鱼头。这道菜大厨是向一位乡村里的老大爷学来的，同样在民间寻找过最原始的味道。可他说老大爷还是没有告诉他最重要的窍门，什么时候加中草药、什么时候调整火候，而这些小细节正是最关键的，会影响美食的口感。怀凯请大厨把这位老人家介绍给他，他想试着问出更多细节，让曹操鱼头更正宗，让客人吃完以后说出"嗯，还是那个以前吃过的味道"，不让老味道就这样消失。怀凯去过老大爷家很多回了，和他喝喝茶，拉拉家常，聊聊做菜的事，可怎么都问不出他最想知道的。直到好几个月以后，老大爷看怀凯很有诚意，就一一分享了养生美食方面的一些关键的要点，包括曹操鱼头的烹饪方法。

我越来越好奇曹操鱼头的味道到底是什么样的。怀凯说有他在还担心吃不到这个味道吗?我们说好了第二天去一个野外村,在河上捞鱼,然后就在那里用最原始的方式做这道菜。回归自然,野外村与野餐,就这么定了。

第二天上午我们的团队和我到了指定的地方——一个只有几户人家的小村庄。不是农忙季节,村庄显得有一些冷清。穿过小森林就到了河边,在岸上有四五艘船,是典型的渔民船,非常有生活气息,显然,这些船是渔民的家。阴天下的几艘长长的木制船静静地枕在这内河上,我们的到来打断了船上小狗狗的"回笼觉"。它观察着我们团队的一举一动,暗示着这里是它主人的地盘,不能乱来。简陋的渔船、野外的村落,给人一种沧桑美的感觉。

怀凯说现在只有部分长辈住在船上,以前他们的生活是什么样子,现在还是什么样子,对物质没有什么追求。几年前亳州开始关注以渔船为家的特殊群体,尝试实施渔民适应城市政策。虽然现在部分渔民在市里有家,可是他们大半辈子住在船上,还是很难习惯在岸上的生活。他给我介绍的三婶子也一样。我误以为他们是亲戚,但怀凯说这里的人都这样叫她,所以没有血缘关系也可以叫她三婶子。那……入乡随俗吧!我也改口吧。三婶子是典型的渔民,与水为伴,与风浪搏斗,这样的生活方式已经成了习惯。怀凯说几十年前她还未出嫁时,可以选择到其他地方发展,过另外一种生活,但她却选择了嫁给三叔。怀凯认为这充分展示了农村百姓朴实的性格，代表了她对传统生活方式的坚守。至今她依旧住在船上——市里的房子住不惯。三婶子和她的朋友要带我们上河捞鱼。三婶子比较瘦小，但是划船的动作非常有力，划得很利索，像是河上的赛手，特别了解漂浮在河上的船，感受得到船在河水中微微摇晃意味着什么。三婶子的朋友站在船边上，准备好了大鱼网。撒网需要熟练的手法和足够的体力，他摇了几下，就把大鱼网甩出去了，覆盖了大面积的河水。撒网属于他的常年生活，但我们看着这动作觉得非常帅气、非常"爷们儿"。第一次收网，里面只有两条小鱼。导演和摄像老师在另一艘船上说希望能拍到更多撒网的特写，所以让他一次又一次撒。从他的动作上是看不出大鱼网的重量的，但那湿的渔网我双手抬起来都感觉很费劲，更不用说要撒。在撒网过程中手法和步法一样重要，因为没站好，没掌握好平衡，就容易让自己和渔网一块撒出去。撒了几回网都没有收获，三婶子决定把之前捞好的新鲜的鱼给我们做汤。

到岸上以后三婶子把鱼给我们后就去忙自己的事情了。我们看到一座红砖墙的老房子，很有年代感，空间挺大，可只有老两口在那里居住。我们问是否可以在他们的小院子里做野餐，做完大家一起吃。两口子很随和，让我们注意安全，自己弄完自己收拾好就可以了。怀凯用老砖

上河捞鱼

盖起了小灶台,上面准备放大锅。我在小树林里捡来了干树枝。生火了,树枝开始发出噼啪的声音,肚子也开始跟着"发言表态"。准备的料很简单,怀凯快速地切好了大葱和生姜。这时我看到了他手上的伤疤。"练刀功练的,也要感受油温,最开始手没把握的时候就会被烫伤。"怀凯说。

厨师从事的是服务行业,他们是一道菜的幕后匠人。烹饪的"烹"指煮,"饪"指熟,以前烹饪就是煮熟食材的意思。可现在已经没那么简单了,厨师从某个角度来看也是半个医生,因为中国有一句话叫"病从口入",而厨师负责的就是制作我们吃到嘴里的美食。怀凯选择当养生厨师,也算是要当半个中医了。不光要知道哪一些菜品可以做成五分熟,什么时候放入调料菜的味道会更好吃,他更需要专门了解中药材的知识,保证食客吃到的是可以补身子的菜。

油温刚刚好,大葱与生姜爆香后就可以倒水。水开差不多了,鱼头就要下锅了。大火炖,鱼汤开始慢慢发白。这个时候就可以下中草药,共有三种药材——天麻、茯苓和当归,放入以后加一点盐就用小火慢炖。炖鱼千万不能着急,慢工出细活,才能吃到软烂入味的鱼肉。我们看着锅里的汤咕嘟咕嘟炖着,手里拿着碗等着尝一口……

亳州周围的村庄是我看到的第一个还有红砖老房的地方,有人还在老房里生活,但这里乡村的发展情况慢慢在改变。怀凯说现在国家提倡回家创业,乡村旅游也越来越流行。他的老家城镇化了,有的乡村变得更美丽。年轻人转向回家创业,经营采摘园,做中药材标本园,还有为小朋友打造果蔬园的。乡村创业推陈出新,乡村的景色更多彩。

清香四溢的鱼汤到碗里了,把第一口往嘴里一送,温暖顿时溢满心间。那鲜鲜的鱼香味让我笑了起来。没有鱼腥味,只有令人垂涎三尺的鲜与香。鱼汤是一种美食,在怀凯的手里它更是一种文化,是连接他与家乡味道的桥。

在乡间的别样时光很快结束了,回到佟大哥家的时候时间不早了。他说明天会带我去看看中草药材交易中心,感受一下那里生意是怎么做的。

如果我不认真，眼眶就不会沉沦

第二天早上出发得比较早，因为在中草药材交易中心进行买卖的黄金时间是早晨三个小时左右的时间。交易中心的大让我大吃一惊。各种各样的中草药都集中在一个12万平方米的建筑里。在交易现场了解到，这是"中华药都，养生亳州"行动计划的成果之一。在我看来，这个平台是服务农民的平台。来这里购货的商家可能也没有意识到买中草药时他们正在帮助一个农家改变生活质量。交易中心共有四层，平均摊位的租金是3000元一个季度。我们到了佟大哥租的摊位，摆好货就要开始营业了。在这里一天之计在于晨。我给自己设了任务，至少要卖出去300元左右。我观察了一段时间发现，这里没有人到处跟着顾客一路跑一路推销产品，也没用经典的"健身房了解一下"吆喝的方式吸引顾客。我问有11年经验的佟大哥的弟弟有没有什么找买家的招。佟大哥的弟弟说要看谁手里拿着单子，谁就是来这里购货的。我发现了一位离我不远的男生拿着很长的单子。我二话不说就飞过去了，向他介绍自己，并开始说我们这边有草药，问是否有他需要的。这位先生的单子里确实有个佟大哥卖的草药。我热情地欢迎对方来看看草药的质量，合适就可以成交了。他问了佟大哥的弟弟几个专业问题，拿起几块料看看，觉得不错就决定买了。第一单共卖出去了 120 元的货！我继续和他交流，看看他是否可以考虑买点单子以外的中草药。可对方和我说得很清楚："这是你们女生购物的方式。明明是有单子，写得很清楚要买什么，可你们一进商场就忘了，会买很多无关的商品。来这里的人不会这样，都很清楚需要的是什么，不需要的绝不会多买。"我们和第一位买家握了手，他就去找别的药材了，而我因为成功开单了，就觉得再卖 200 元左右的货都不是事。不过做生意哪有那么容易，追了几位其他的买家就没有那么顺利了，对方都不需要我们卖的东西。我决定用我的歌声吸引大家。我唱了好几首，得到了围观的人的掌声，可还是没有人要买东西。我看了一下时间，离 12 点还有十几分钟，一些卖家已经开始收摊了。我心里特别着急，我的任务没完成，我没卖出去 300 元。

"佟大哥，唱歌的方式是不是会让大家感觉我不认真？"

"做一件事情是需要坚持的，你要是每一天都来，每一天都唱歌卖货，大家就会记住你的，知道这就是安泽卖货的方式，是她的声音。任何一件事情都需要你坚持。也许今天的收入为零,你会有落差,但是要继续啊!因为明天说不定你就会卖掉一万或更多,对吧?时间久了就会有自己固定的客户,慢慢也就会稳定下来。"

越听佟大哥那么开心地分享自己是怎么走过来的,我的心情越凌乱不堪,眼泪开始从我脸上淌下。做生意,尤其是新手做生意要有强大的内心来面对买卖的起起落落。行行都没有"一炮而红"之说,是我们看不到对方背后经历了什么才能有今天。金贵的时间在消逝。梦想什么时候会实现,还是一直会是实现不了的梦?在历经跌宕起伏以后,我们会继续为这个梦想执着到底还是终归放弃?……佟大哥看得出来我的情绪很低落。我知道他明白,虽然我们发展的路不同,但是都在拼命努力时有过快要熬不下去的时候。他分享了二次创业遇到不顺利的事。这不到一年的时间,养殖蟾蜍的事业经营得不是很顺利。我去见佟大哥时,他正要第一次陪着小蟾蜍入冬,开始面对它们生病的情况。就像我们在秋季的时候也会因为天气变凉而感冒,蟾蜍也一样,会有不适的时候,可生病与治疗都会影响蟾衣的质量和小疙瘩的数量与质量。秋天的时候佟大哥才意识到要是养蟾蜍跟养猫咪和狗狗一样容易,那大伙儿早就发财了。快一年的时间了,养蟾蜍完全不赚钱,付出的和得到的回报目前不相等。一个人的能力有限,有主业才能想着试试发展副业,可一天也只能有24小时来做所有的事。佟大哥的二次创业处于初始阶段，学习养蟾蜍的时间很短，算是上了一个"速成班"，所以个人的能力与经验都是靠实践得来的。他现在还不考虑培养团队，想自己研究透再看看事情的可行度，否则成本会太高，事情也有可能成为一场空。目前他一个人和老丈人忙于此事，两位之间难免会有代沟。老丈人努力地在照顾蟾蜍，可有时候会自作主张，不按照嘱咐的来做，认为这样或那样会更好。也许的确是个好主意，但有时候也未必是这样。秋冬季节里蟾蜍的生病率超过了佟大哥的预期，他叹着一口气说已经有过放弃的念头了。这次的尝试会成功还是会失败，至少村里人都看在眼里，他不是为了自己，是为了乡亲们。

短暂的拜访要结束了，准备回北京的那一天天气回暖了，阳光灿烂。走之前我决定和妈妈视频，让她认识我的新朋友。妈妈用心地和大家说着她学会的几句中文，气氛格外融洽。我要与这富有真情和温度的家庭告别了。佟大哥的女儿思涵再次想靠近我好好道别却又不知道可不可以这样做，内心有一些矛盾，不知道如何表达不舍。这次她还是一步一步地往前走，向我走来。我舍不得转身离开，一直倒着走，向他们一家人挥手，也一直看着思涵要做什么。我看她没停下来，我就蹲下向她伸出双手，示意我非常愿意抱住她。我能感觉到，在这几天里我们没说多少话,但是心里都成了彼此的好朋友。思涵沿着路边继续走,很含蓄,最后还是靠近了我,不敢直视,站在我面前让我静静地抱着她一起安静地站一会儿就可以了。

"一声朋友,一生朋友。这不是简单的节目的拍摄,这分明是上天注定",这是我离开后佟大哥给我发的一句话。此行远远超出了拍摄的概念,我们都走心了。这里的真情和自强不息的精神令人感动,再平凡的人也有他们高光的时刻。肯用心努力,好运就一定会如期而至。佟大哥,辛苦了。

时间会改变人与人之间的远近。哪怕我们之间的距离会变远,至少那一段时间为我们留住了曾经的近。

一生,一村,一件事
——云南那夺

在城市,生活节奏快,人口密集,写字楼多,工作机会也多;在乡村,生活节奏慢,自然风光多,房屋不高,经济活动偏单一,生产多为农业生产。不用多说,大家也都看得出来,城市与乡村从经济、社会发展等角度来看都不一样。过去若生在乡村,孩子长大后一般会接过父母的接力棒,放牛放羊,割麦子,收玉米,不一定非要到城市发展不可。现在则不同,乡村的娃们知道城市里有所谓的好生活,美丽的乡村在他们心中就不一定是充满欢乐的家园了。对城市的向往可能会成为农村孩子的一种动力,激励他们靠自己的努力成为"城里人"。农村娃的家长大多数也是这么认为,几乎都会把考大学看成孩子唯一的、最好的走出乡村的出路,父辈们时时会在耳边叮嘱孩子:"好好学习,不然就得回来种地。"

2019年10月份在我主持的天津科教频道《男人世界》节目上,有一位嘉宾对此深有体会。他和别的农村孩子一样,对种地不是特别有兴趣。父母支持他去城市发展,可他想做的事却不被家里人看好。采访时他分享说在那个没有手机和网络的年代里,觉得听收音机、听卡带和看电视是最有趣的事。他开始追歌星,特别喜欢跟着偶像唱歌,反复地听卡带,模仿歌手的声音。小时候他算是一个典型的"理科男",很喜欢"发明"。因为家里条件不允许,他只能靠自己的双手让手里的物品成为乐器。他的思路是:没有一个物品是我吹不响的!小吸管啊,花生的壳啊,小叶子等都可以成为他的乐器。他喜欢音乐,不过在家人眼里这铁定只能是爱好,绝不能是主业。他听从父母的安排,上职业学校学一门手艺。但他把家人的声音当作参考,并没有彻底与唱歌说再见。一次偶然的机会让他登上了为老百姓打造的舞台。这位对音乐充满热爱的嘉宾就是2010年《星光大道》年度总决赛冠军——"农村娃"刘大成。

艺术与乡村 可以门当户对

刘大成的人生故事让我发现市里与村里对孩子发展的看法不太一样。

2018年的冬天,好友推荐我参与央视《大国农道》节目,这是一档辩论类农业节目。编导联系我说这次想邀请我当三位观察员中的一位,从外国人的角度来分析本期节目的主题并自由选择支持哪一方。节目的主题为"田埂上的芭蕾"。简单地说,辩题是:农村的孩子学芭蕾,你支持还是不支持?我在电话里毫不犹豫地对编导说,孩子来到这个世界,不是他选择的,因此他所出生的家庭也不是他能说了算的,那么为什么因为是农村的孩子就不能跳芭蕾舞呢?他们和市里的孩子生长的环境与生活条件不一样,但难道他们就没有权力有这样的梦想,也不能追逐高雅艺术梦吗?接触外来的艺术,市里的孩子更容易一些,可未必喜欢。而也许下一个著名芭蕾舞团的首席就是现在怀揣着芭蕾舞梦的农村小孩,不是吗?我的态度很明确,我选择支持。孩子是有权力去尝试的。

到录制现场以后,离开始录节目还有两个小时的时间。编导带我去休息室等候,到了以后编导便向我介绍了本期故事的主人公——北京舞蹈学院芭蕾舞系党支部书记(兼系副主任)关於老师。关於老师穿得很朴素,深蓝色的衬衫和西裤,围着深蓝色格子的围巾。他一站在休息室,那就是芭蕾舞的化身。挺拔俊朗的身姿、轻盈的姿态特别出众,令人羡慕。上台前我和他聊了两句,了解了他的基本情况。

2013年关老师创建了乡村艺术教育"田埂上的芭蕾",在河北安新县只有两千多人的端村免费授课,教农村的女孩跳芭蕾,帮助了不少孩子顺利考入省、市级艺术院校。西方的高雅艺术走进乡村受到了赞扬,也受到了不少质疑。我越来越好奇现场的辩手和请来的嘉宾对这看似毫不搭调的融合会有什么态度。

质疑的声音来自一个问题:这是在认真做事还是在认真作秀?在一部分人眼中这是不正常的行为,学芭蕾和农村孩子现实的需要有点距离。辩论的火药味十足,反方的语言很犀利。长期从事农村孩子教育工作的一位女士说,在乡村留守儿童很多,他们特别需要社会的关注,那么为什么不去送基本的需求——基本教育,而是去教芭蕾呢?

这似乎都没怎么影响关老师的心情。他一会儿看着对方,一会儿默默地微笑。我估计他已经习惯了在支持与不支持的声音中生活了。对美好生活的向往不仅是市里孩子有的，农村的孩子们更渴望能改变命运。我们看到在乡村学芭蕾的农村娃在真山真水的环境中跳起舞来，别有韵味；我更看到的是老师没有因为孩子的身份而放弃他们，农村娃与艺术无缘是关老师想打破的社会刻板印象。正方不跟着反方"吵闹"，很淡定地介绍自己的观点，说不能一直生活在陈旧的观念里，做好事总比不做好吧。有人天天说乡村的孩子们也是这个社会的未来，要为他们做一些什么，却只是说说而已，没有实际行动。关老师用自己最擅长的舞蹈来托起农村孩子们的明天，值得支持。

是不是在作秀，时间看得见。一年过后我再次联系了关老师，想了解他最近的情况。这次的问候变成了我的一次发现。我发现原来在我的微信朋友圈里还有这样一对爱心夫妇。关於老师至今还是一名北京舞蹈学院的老师。2013年3月份在河北省安新县端村启动的"田埂上的芭蕾"计划如今已经步入正轨了，更重要的是，这个地方迎来了喜人的变化。2017年4月1日，中共中央、国务院决定设立河北雄安新区，并把建设雄安新区正式确定为中国重大的历史性战略——千年大计。简单来讲，将来那里将会是中国重点发展的地方。关老师认为在这样的情况下，有国家的支持，他和妻子可以转移到更艰苦的地方提供帮助。

2016年8月份在机缘巧合下，关於老师的爱人张萍首次进入离中国边境线不到两公里的云南省文山州砚山县的那夺村进行田野调查。那夺村属于山区,是只有70多户的典型的彝族村寨。张萍发现位于大山深处的那夺村劳动力流失严重,是标准的留守村,中年人大多数都长期在外打工,孩子和老人是这里的主要居民。经济发展落后、文化传承断裂等问题令张萍感到痛心。因为与这个地方结缘,她希望孩子们未来发展的道路有更多可能,所以选择在这里发起"彩云计划"。

"彩云计划"有一支艺术公益志愿团队,由志愿教师每周自驾到那夺村免费教孩子们舞蹈专业基本功和剧目,进行文化帮扶。关於老师第一次到那夺村的时候请小朋友带他去看这里最漂亮的地方,孩子们高高兴兴地说在这里可以看到海,结果所看到的画面使他心酸。原来孩子们眼中的海实际上是一个小水坑。从那一刻起,带孩子们见见一片蓝色的海洋成了关老师一直想送给他们的礼物。教师和孩子们交流起来没有太多的困难,因为这里的孩子上小学时就要学习普通话,然而彝族老人基本只用当地方言交流,所以和他们沟通还是有困难的。浪漫高雅的艺术走进了那夺村,村里人思想上也要有一个接受的过程,因为芭蕾毕竟不是简单的舞种。当我在微信里问当地人的接受能力如何时,关老师热情地发了很多条语音和照片,分享了许多有趣的故事。他说之前在那夺村人们对舞蹈的定义是娱乐,是游戏。老师们希望通过芭蕾为这里人打开外面的世界,让他们感受到舞蹈不仅仅是游戏和娱乐,它也是一种干净、纯粹和浪漫的艺术。

在关老师发过来的图片中,我发现一种奇妙的不同文化的交融。他们进行芭蕾把杆训练时用的是当地人再熟悉不过的竹竿,练习时小姑娘们还穿着彝族服。我喜欢这样的融合,在接触新鲜事物的同时守住自己的特色,这样的融合仿佛在诉说:只要喜欢与想做一件事、一切自有办法解决。关老师刚开始教孩子的时候,一位婆婆不太能接受女孩跳芭蕾,说:"下了横叉就生不了孩子。"因为没接触过,自然就会有误解。关老师知道这事情光说道理解释不清楚,因此找了生过孩子的文山州歌舞团的舞蹈演员来到村里和村里人说说自己的故事,这才算是让张萍和关於二位顺利过关,可以继续教孩子们跳舞。

竹竿是芭蕾把杆

田埂上的芭蕾

村里大多数孩子的父母长期在外面打工,很少能看到父母这个年龄段的人。在孩子们练习舞蹈不久之后,他们开始亲切地叫关老师"关阿爸"。学到一定程度的时候,"关阿爸"会带着孩子们参与一些演出,参加比赛和电视节目,让家长和村里人看到艺术是可以让孩子们走出乡村的。部分孩子参加了在北京举办的"阳光少年"全国舞蹈比赛。由于那夺村是贫困村,承担不起孩子们去北京参加比赛的费用,因此关老师与组委会取得联系,介绍了情况。组委会想照顾一下边疆少数民族的孩子,允许他们通过视频参与比赛。当时孩子们在那夺村的村口拍下了参赛视频,表演的是彝族集体舞蹈《月亮妹妹》。结果,凭借在镜头面前的发挥,孩子们荣获了人生中的第一个奖——一等奖!"关阿爸"回到那夺村时带着孩子们的荣誉证书、奖杯和礼品——双肩包。平时在乡下时关老师都会穿得随意一些,可这次不一样,为了孩子的荣耀时刻,"关阿爸"专门从北京带上了正式的服装,想隆重地为孩子们颁发奖项。他换好衣服,把奖状摆整齐,等着和孩子们一起分享属于他们的高光时刻。

在这里彝族女孩的日常生活是放牛、洗衣服、给全家做饭,她们根本没见过奖状和颁奖仪式的样子,因此关老师非常认真地对待这件事。颁发奖杯前,关老师准备了中国国旗,让两位彝族姑娘拿好它,播放国歌后再进行颁奖环节。人生中的第一个奖杯,家里人格外重视。这份重视表现在奖杯在家里摆放的位置上——孩子们的奖杯放到了供桌上。也许听起来感觉不太恰当,可那里人想不出更好的表达尊敬、感恩和向往的方式。相信对孩子们来说,那一天,终生难忘。

关於、张萍二位是公益项目的发起人,但是后面有接近300人在帮助。夫妻俩细心观察想加入他们的团队做事的每一个人,他们始终不希望单纯的出发点被搞成一种商品。"彩云计划"与芭蕾的理念是一样的:干净、美丽、浪漫。2019年6月2日张萍老师辞去了在北京的职务,住进了那夺村。"我还在北京舞蹈学院担任老师,但我爱人现在一直在云南。那夺村是国家级贫困县里的村,条件十分艰苦。我们俩花光了所有的积蓄,盖起了'彩云计划'公益志愿中心,是为了给到那夺村的志愿老师提供基本生活条件。"关老师微笑着对我讲。

不觉得疲倦,也不怕自己兜里没多少钱,所作所为远远超出了金钱的价值。团队的核心就是手里能腾出多少费用就先做多少事,就是想为这些村里的"小种子"浇一点水,帮助他们快乐成长。这样,一步一步地走到今天了。关老师也一直在联系全国各地的高校,希望得到支持,请大学生和老师依托自己的专业给孩子们进行基本的知识介绍,带动更多的可以传递知识的人帮助这里的孩子们学到知识,喜欢读书,热爱读书。天津南开大学历史系的学生为孩子们准备了彝族史课堂;清华大学美术学院的学生教孩子们草木染和写生;当地的文山学院也注重此事,赠送了

孩子们在上课

多部图书,建立了文山书斋;……知识和艺术让典型的农耕村过上了别样的日子,知识与艺术唤醒了乡村的活力。

  2018年7月31日至8月2日,"彩云计划"受邀参加在福建省厦门市举办的"爱的梦想+诗的远方"2018福建公益行活动。关於老师是一位守承诺的人,他还记得孩子们想要看海的心愿,一直把这件事情记在心,而这次除了演出外,他一定要带着孩子们与"大水塘"——真正的海见上一面。为了省交通费,"彩云计划"教师的家属开车把团队送往普者黑高铁站。7位老师、14个彩云姑娘和两位村主任从普者黑高铁站乘坐火车前往昆明。在昆明有两位老师加入了团队,一起前往厦门。这样共有25个人大规模集体外出,乘坐K232次列车从昆明前往厦门。一路40多个小时,一路欢声笑语。大家到了厦门入住酒店,第二天就有自由活动的时间,关老师终于有机会兑现2016年8月份许下的承诺,让孩子们如愿以偿。

  人生头一次,孩子们到了海边。在那夺村女孩子是不许穿短裤的,所以到了海边,孩子们根本不敢穿连体泳衣。张萍老师决定穿上与孩子们同样的泳衣鼓励她们换装,解释说在海边的人都是这样穿的。在老师的鼓励下,她们穿上了彩色的泳装,第一次学游泳,第一次在海边打水仗。在关老师的眼里,这是久违了的快乐。

初遇大海

玩完水,志愿老师说:"我们在沙滩上画一个心,并在里面写上一段话。"写上一段什么话好呢?正在拿不定主意时,另一位志愿老师说:"写检讨吧。今天早上吃早餐的时候几名学生自己先吃了,几名迟到了。"

为了让孩子们学会遵守时间,有团队意识,老师们开了小会以后宣布在沙滩上写检讨书。孩子们集体在沙滩上高高兴兴、认认真真地写下了检讨书。关於老师觉得有点不可思议,他在自己的日记里写道:"这个情景……也真的没谁了。"

教孩子们学跳舞只是第一步,大家共同的愿望是能让

写检讨书

孩子走出村寨,考上省级、市级艺术院校。为此,志愿老师们已经努力三年了。第一年"彩云计划"成功帮助四个孩子前往昆明进行专业的艺术培训,第二年十几个孩子得到机会进行专业学习,第三年成功帮助到了几十个孩子。

走进关于老师和他爱人的世界里,我走得越深越会发现他们已经把这里当成了自己的家,孩子们也都成了他们的亲人。在送孩子们上学的第三年,关老师为孩子们准备了走出山的拜师礼。两位都希望孩子们从小细节上学到助人为乐和事事都要认真对待。举办拜师礼之前,关老师决定在村门口种两棵蓝花楹树。两棵树代表着他和爱人的决心——"十年树木,百年树人"。他们把这种精神种在了那夺村。二位年满五十,他们的愿望是以后自己不在人间时,孩子们看见这两棵树,也许就会想起关于老师和张萍老师,想起他们二位传递的精神——乐于助人。老师为孩子们准备了心愿卡,出发前让他们写下心愿,挂在那两棵蓝花楹树上。风一吹,卡片在树上随风舞动,孩子们的新生活要开始了。那是在与世隔绝的小山村里最动人的时刻。

挂心愿卡

从那夺村出发,乘坐五个小时的车以后,几十位孩子在老师的带领下抵达昆明市艺术学校。李琪女士是学校校长,是她听到"彩云计划"之后主动联系关於老师,提出成立彩云班的。在校长看来孩子们十分有特质。关於老师也认为对于少数民族的孩子来讲,艺术是他们先天的优势,他们血液里就有舞蹈的基因。彩云班对于他们而言是极大的礼物,也是全新的挑战。这种挑战不光指的是更艰苦的艺校训练,还要克服以前接触得较少的英语和数学等科目的难题。昆明市艺术学校的老师也说最开始孩子们不是特别适应,有的上课时可能随时跑出去玩了,有的练基本功感觉太苦了就想请假,但老师严格要求必须坚持。现在孩子们还小,不是特别理解要往前走的话,下一个难题就是艺考。2017年云南艺考生超过了29万人,所以参加彩云班只是成功走出乡村的第一步,将来如何在这么多艺考生中脱颖而出,走到最后才是真正难关。张萍老师在接受采访的时候也坦白地说几十个孩子不可能全都坚持到最后,但至少有几位是会坚持并用舞蹈走出去的。

"在山里发现需要帮助的孩子,我们做到了;对他们进行培训,我们做到了;让他们开眼界,我们做到了;把他们送到院校,我们也做到了。但这一类的项目最关键、最难的就是最后一关。现在有几位孩子在读高中,还有两年就要毕业了。就业就是下一个问题。"关老师说。送完孩子们回到那夺村后,关老师把挂上去的心愿卡都收回来,怕一场雨会淋湿卡片上所写的心愿。他看了孩子们写的内容,看到了他们对一种崭新的美好生活的期望。

练芭蕾舞不简单,要天天与自己的身体对抗直到不痛了习惯了为止。关老师不想让"彩云计划"成为美丽的泡沫,所以认为孩子们在心愿卡上写下来的愿望都是他应该帮助他们完成的。是他和妻子给了孩子们希望,既然选择帮,那就要一帮到底,留下来陪着孩子们一起成长。现在关老师开始修建文化中心,毕业的孩子们要是找不着合适的对口的工作,可以在文化中心里当老师。关老师还准备成立舞团,老师们就可以为培养出的团队接演出。这样一步接着一步,"彩云计划"会成长为成熟的彩云家园。

这比自己成功更有意义

我们聊起舞蹈的时候,关老师感慨着说自己在许多剧院演出过,前一阵子在圣彼得堡演出。但不是华丽的舞台给他留下了深刻的印象,他说最深刻的居然是在那夺村向家长进行舞蹈汇报演出的那一天。决定做汇报演出的原因是村里不是所有人都知道有一些孩子到市里学舞蹈去了,即使知道,也不明白舞蹈怎么可能是一种职业。在孩子们回乡探亲时,关老师想用汇报演出的方式让当地老百姓和家长看看孩子们都学到了什么。演出是严格按照市里汇报演出的规格来准备的。关老师和爱人在舞台两侧拿着对讲机,注意着每一个细节:什么时候上台,从哪里下台,主持人什么时候报幕,怎么报幕,等等。那天特别热闹,关老师很细心,和村主任协商安排流水席,在台的一侧为大家准备的是杀猪菜。大伙儿都很热情,先一起忙活煮饭,再坐下来看演出。

这是一场室外演出,大家吃着一起做的家乡菜,看着孩子们的表演,慢慢地开始接受舞蹈、理解舞蹈,支持孩子们走上从艺之路。对关於、张萍夫妇来说,这比自己成功站上最大的舞台更有意义。

关於夫妇和那夺村的孩子们相处三年,"彩云计划"在当地也被大家熟知了。有一天村民们给关老师看一个彝族小女孩的视频,在视频里小姑娘做着高难度杂技动作。关老师看了以后感到震撼,和我分享说姑娘的平衡感惊艳到他了。他认识了这位姑娘以后才知道,她的母亲每天早上在菜市场卖肉,她便在旁边自己玩手机,喜欢视频里的一些动作就开始自学。母亲没有阻碍孩子自学,有空闲的时间还会帮助女儿一起研究动作是怎么做的。其中一个动作的专业名称是"肩肘倒立",但小姑娘不了解专业术语,给动作起了很可爱的名字——"就是不会掉"。关老师说这位姑娘能做到的动作是国字号演员才能做到的,所以这再次说明好苗子散落在民间。

关於、张萍与孩子们

关於老师和爱人张萍选择用艺术改造乡村。我想起了《中国乡村之声》节目的记者高凡,在参加 2019 年主持人大赛的时候,他为大家介绍了一位同样用艺术改造乡村的人,其中提到了这样的观点:

"谁说农村扶贫不能靠艺术细胞呢?向日葵不就成就了乡村里的'凡·高'吗?"

缘在中国,甘愿奉献在心中

——贵州惠水

2008年暑假时我在北京学习汉语,见证了北京为2008年奥运会的盛事做精心的准备。当时我读的是北京语言文化大学(现北京语言大学),离鸟巢不算很远。奥运会开幕式的日子越来越近了,我和来自意大利的同学听说晚上鸟巢和水立方会亮起来,就决定走过去看看。走在志新路,一路向东,离目的地越来越近。在奥运期间来北京学习,我们觉得自己特别幸运。以前看奥运会都是在屏幕上看的,这次虽然没钱买票,但身在北京,离四年一度体育界的狂欢那么近,想到世界顶尖的运动员都可能会与我们走在同一条路上,我和朋友兴奋到要尖叫。

奥运村还没对外开放,我们在盘古七星大酒店那一侧看着两个新的北京地标性建筑亮起来了,兴奋之情溢于言表。那一段时间北京不一样了。到T3机场的空中轻轨通了,很多地方都有志愿者的棚房。他们热心地帮助游客解决遇到的问题。那时我学汉语才有三年的时间,口语不好,所以下课后我经常会跑到志愿者站,趁他们不忙的时候和他们聊天练练口语,如果有外国人过来提问我也会帮忙。我从来没当过志愿者,但是觉得这是一件很了不起的事情,放弃了自己宝贵的休闲时光为别人服务,不求回报。我想知道当志愿者的心得体会是什么,所以就跟志愿者站点的中国青年们聊起这件事。现在我已经记不清他们的名字,也没留下电话和邮件,失去了联系,但是我记得他们说过的话:"我帮助别人,我也在学习。""我们尽自己的一份绵薄的力量,不谋私利,塑造美好的心灵,逐渐成长。""希望我们的行为能感染到更多的人。"

在自己的家乡传递爱心和文明,尤其是在举办奥运会期间担任志愿者让人觉得十分有意义,荣誉感倍增。他们给我留下了深刻的印象。

英国大厨与"害羞辣"

几年过后我认识了另外一群人。同样是志愿者,可故事有所不同。他们有的放弃了稳定的工作,有的离开了舒适圈,还有带着全家人一起选择前往他乡,到中国大山深处,用的不是做一个活动的几天时间,是几个月、半年,甚至花上几年时间。2015年7月份我和江苏卫视《你所不知道的中国》第二季的节目组就要去认识他们。

我们飞到了贵阳,落地以后要坐一个多小时的车到黔南州惠水县的贵州盛华职业学院。这所学校是一对中国台湾夫妇捐资筹办的全日制普通高等职业院校,是现代职业教育改革创新试点院校,于2011年建成。快到学校的时候,我看见周边都是梯田和乡村。道路上有分界线,分为非机动车车道(红色)和机动车专用车道(深灰色)。学校好像是小乡村里的奇观:外观不亚于北京高校的外貌,建筑设计非常先进。在这里学生可以学到与互联网营销、工商管理、虚拟现实产业发展、茶学与非物质文化遗产有关的知识。如果后两个专业我还能理解,但是前面的几个让我感觉这所学校很超前。学校离市里很远,但这里有足球场、网球场、酒店交流中心、互联网实训基地、超市、银行等,设计的时候团队充分考虑到了学生的需求。在乡村能有这么好的高等学校,我真是没有想到,特别吃惊。

学校欢迎来自全国各地的学生,也欢迎留学生。我很喜欢这所乡村学校照顾贫困家庭学生的做法。贵州是一个文化多元化的多民族省份,少数民族人口占三分之一左右,其中一些学生的家庭条件不是很好,所以学校的政策是全部免除贫困学生的学费。不仅如此,贫困生以零成本完成大学教育后,学校承诺提供就业机会,帮助他们摆脱贫困状态。

通往盛华职业学院的路

盛华职业学院一角

在这里助人为乐的精神萌芽生了根。学院引入全球爱心志愿者，是一种大胆的尝试。它想让孩子们有能力用学到的专业在世界各地立足，因此尝试进行中西方结合的教育，营造酒店管理专业英文教学与生活环境。我在这里要认识的第一个爱心志愿者是来自英国的米其林星级大厨。难以置信吧？多少厨师都梦寐以求可以当米其林大厨啊！而这位拥有精湛厨艺的米其林星级大厨却选择来中国贵州省享受奉献的喜悦。马上就要结识这位大厨，我有一些紧张。感觉长期浸泡在一种高冷贵族气息中的人会与我们普通人有距离，我不知道怎么去沟通。他也可能根本不会把我放在眼里吧？你们想，过去做完菜评论员都要拿着温度计去测食物的温度,吃一口就在表格里打分评价,达到了米其林级别厨艺的人知道菜品的味道和样貌必须完美,不能有一丁点失误。在厨艺上受过这样严苛的训练,我感觉他们会变得面对什么都不能太热情的样子。

见大厨之前要在他上烹饪课的教室门口录一段开场词,然后就可以进去打招呼了。我看到了一位微胖的、身高比我高一点的光头男生穿着厨师服。他就是我的采访对象——英国大厨。他已就位,等着我进去打招呼。我越来越紧张,因为害怕他会很严肃。说完开场词,我敲了教室的门,和对方打完招呼以后,大厨特别热情地欢迎了我们。没料到这位叫 Craig 的米其林星级大厨居然挺平易近人,英国人自带的幽默感都没有消失。在这所学校里他负责教烹饪课。上课时大厨全程以英文和肢体语言为主。他只会说一点点中文,但也不想用中文,希望孩子们习惯听英文并不怕说英文。他会用最简单的词语,在白板上写下课堂的主题和关键词,让孩子们念然后造句。学完关键词就可以进入到做美食的环节。他说孩子们快要到了,就邀请我留下来一起上课。虽然现在 Craig 的身份是志愿者老师,但是大厨还是大厨,他用空闲的时间研究当地美食和食材。欧洲地区的人很少吃辣椒和辣的菜,所以辣椒是他来到这里以后第一个非常感兴趣的食材。大厨格外喜欢贵阳的干辣椒,说它的辣是"害羞辣",到嘴里以后会一点一点地施展自己的味道。微辣又不失辣椒香的干辣椒给了大厨创作灵感。今天他准备教学生做干辣椒口味的黑巧克力球,说这两个口感加在一起很配很吻合。

上午10:30就要上课了,还有五分钟,孩子们陆陆续续地走进了教室。他们已经适应了一位外国老师,但突然还多了一个外国姐姐,他们就很不好意思开口说英文了。大厨把我介绍给大家说,今天班里多了一个学生——来自拉脱维亚的安泽。我配合一下,扮演学生和大厨一起带动气氛。大厨写下了今天的主题"chocolates(巧克力)",然后写下了做巧克力要用到的食材和配对的比例,食材有chocolates、cream(奶油)、chilli chopped(干辣椒碎片)。我和另一位同学要在大家面前一起制作巧克力,在大厨的指导下给大家示范。站在我旁边的女同学负责拿擦子把黑巧克力弄成小块,我负责切辣椒,大厨负责做奶油。要是可以剁辣椒该多好,剁辣椒可以放飞自我,可以想象一个特别不开心的人剁啊剁啊!但是大厨说万万不可呀,会影响口感,所以我只能献丑了。我的刀工很差,大厨拿这件事情和同学们开玩笑。没有感觉在上课,感觉我们一起在玩,玩中学知识和语言。巧克力放到大锅里就要加热,让它融化。融化后温度就会降下来,要注意巧克力不能完全回到固体的状态,稍降温以后没完全凝固时可以放入奶油,再放干辣椒丝。大厨准备了圆形的磨具,我们把这个液体状的巧克力倒进磨具里冷却,拿出来以后再在巧克力球上撒一点食用装饰物就可以吃了。我走到同学身边让他品尝口感如何。其实他不说,我们通过表情也能看出辣椒的味道什么时候开始"闪亮登场"。同学说口感很特别,甜辣之间的味道,先不适应,但吃完后觉得还想再吃一口。大厨之所以选择黑巧克力,是因为他发现欧洲人吃的巧克力对中国孩子来说太甜了。现在干辣椒巧克力和咸甜辣甜的搭配都很常见,但2015年的时候你听到一个人要把巧克力和辣椒放在一起,一定会觉得这不合适吧?就像甜点和正餐混着吃一样的道理。思维随着时代的快速发展与文化的交融会有变化的。辣椒就像一个新的东西走向世界的舞台,在苦涩黑巧克力美味中姗姗而来。

在这个班级有几位孩子是来自贫困家庭的。他们很珍惜这个机会,也希望以后能到国外当交换生,提高自己的能力,成为优秀人士。有一个孩子突然说希望我能帮助他给Craig老师翻译几句话。他说,他们从乡村走到这里有时候会放不开,有点内向,希望老师理解。他们的英语不太好,不知道怎么样去表达,但是他们真的很爱Craig老师,也很喜欢他的课。我说,其实你们完全可以表达这一点的,不相信你们不会用英文说"we love you",对不对?老师听不懂中文,我们一起给他一个惊喜吧,一起来说老师的名字然后用英文说"we love you"好不好?这样就完全可以表达你刚才和我说的。大家一起说,好不好?

Craig老师完全没有想到在下课前我们会给他准备这样的惊喜。他听孩子们说完"Craig老师,we love you"后,就转身背对着我们快速擦干了眼泪。同学们很开心,原来说出"我爱你"就可以说清不知道怎么用英文去表达的心里话。三个字就够了,足够温暖一个人的心,足够表达内心深处的独白。

广播播放了下课的歌曲,同学们离开了,还剩下最后一个我,我想知道的问题是:Craig为什么短暂地放弃本职工作,来中国的大山深处?Craig说人渴望能有更高的收入,这样生活可以更精彩。他最开始因为喜欢做菜,喜欢创作就找到了让他非常满足的工作岗位,实现了梦想,也证明了自己。但在这华丽的舞台上接触高端人群,他开始感到有些疲惫,想着让生活更简单。就像刚刚起步的时候,日子比较苦,但总感觉那时的苦日子更加美好。想吃一根黄瓜就不用把它切成厚度都一样的薄片,摆在盘子上,配一个装饰再来一点果酱才能吃。他就想拿着这根黄瓜掰开咬一口就可以得到那份满足感。他很喜欢自己的工作,但是人人都需要停下来歇息的时间,需要缓缓,为自己充电。他知道有一个志愿者网站会集中招募不同领域的志愿者。他对中国很有兴趣,了解了学校的基本情况后就申请来这里担任烹饪课兼英语老师,特别想帮助这里的孩子们。孩子们是这个社会的未来,也是一颗颗小种子。老师们甘愿奉献,为这些小种子浇水灌溉,期待他们绽放的那一天。

我想,去过这所学校的人都会有强烈的视觉上的冲击,它的规模和超现代的样子超乎想象。我了解到计划建学校之前百鸟河经济基础十分薄弱。2011年贵州省政府和教育部批准学校落户以后,这里开始发生翻天覆地的变化。学校办学效果越来越好,影响力也越来越大,因此三年过后惠水县政府在学院周边创建了"贵州惠水百鸟河数字小镇",致力于盛华学院的教育扶贫联合产业扶贫,打造一个现代服务外包产业基地。

安泽与英国大厨 Craig

学刺绣的美国"大"学生

与 Craig 大厨分开以后我继续逛学校,走着走着就发现校内还有贵州民族文化博物馆。这个地方既是博物馆,又是传统手工艺工坊。学校学生以少数民族学生为主,学校希望保护中国本土文化和进一步发展少数民族特有的民间工艺,让同学们学习和继承濒于失传的传统技艺。同学们带我参观了二楼的博物馆,为了体验更丰富一些,我要穿上苗族的民族服。苗族服饰的特色之一是佩戴的银饰。同学给我戴上了大大的沉沉的"项链"和带有大大的银角的精美头饰。戴头饰之前要用一块布围上头部,以防伤到头上的皮肤。同学解释说苗族的银饰艺术特征就是以大为美、以重为美和以多为美。苗族银饰的造型和花纹多种多样,不同地域和家庭地位的人银饰还不一样,背后大有文章。

衣服和银饰都穿戴好了,同学准备教我学刺绣。我第一次看到了刺绣专用的绣凳,也叫绷凳。在拉脱维亚上中学时有劳动课,会接触刺绣的基础知识。那时只用过小绣绷,因为不需要做大的作品,学生在很普通的灰色或白色亚麻布上练基础。我们的刺绣常见于拉脱维亚传统民族服饰上，尤其是在白色亚麻衬衫领子或袖子上可以看到精美的含有"幸福""好运来"等美好寓意的传统纹饰的刺绣。那时候都没有想过刺绣还可以绣在薄薄的、特别不听话的真丝面料上。我的在亚麻布上的"一针一景"很业余，但已经足够让我感觉到这门技艺对眼睛和颈椎的考验有多大。上课时"基本功"掌握差不多就要交作业了——在围裙上绣出自己的作品来。我的作业是围裙上的"一针一景"，我把劳动成果拿回家给妈妈看。她看了以后就从我们小木柜上方的座机电话底下拿出来一方小手帕。这么多年来小手帕一直在座机电话底下当装饰品，就在那一天我才知道那一块布上的刺绣是妈妈上劳动课时绣的。转眼间，很多年过去了，那块布有一些褪色了，但上面红、蓝、棕色搭配的十字绣还是让我清楚地看到出自妈妈的小巧精致的手工。

人类在进步，但在数字时代手工的温度在慢慢地下降，从我和妈妈的作品中也容易看出对我们这一代学生的要求没有以前那么高了。贵州盛华职业学院的同学也提了这个问题：传统手工艺现在还有老一辈人会，但是以后还会不会有人愿意学习就很难说。这里的学生想做文创并考虑把传统文化品牌化。他们现在学着绣大作品。教室里放的都是大的绣凳，两个三足凳上都有搁置好的卷绷。那天同学们在绣花,我站在一旁看,花瓣的渐变色绣出来的样子令我不相信自己的眼睛:小花朵拥有生命的活力和自然的姿态。我简单地试了两下就不敢继续,不敢破坏学生们一心一意地在绣的作品。

在体验的过程中有一个人引人注目。她和我一样是外国人,在我旁边学着中国刺绣,但是我怎么看都感觉不对劲。这位学生的岁数比我大不少。我好奇地问她是不是这里的学生。她说:"在这个教室里孩子们是我的老师,我是学生;在我的教室里他们是我的学生,我是老师。"

刺绣教室

这位来自美国的"大"学生Crickett和她的老公负责教授英语、市场销售等课程。两年前夫妻俩带着两个孩子来到这里当志愿者老师。在美国时她和丈夫曾是大企业的人事及财务主管，生活条件很好。退休后，在网上看到这所学校招募志愿者的消息，抱着试一试的心态，两个人就来了。Crickett和丈夫觉得退休后有空闲的时间，孩子们也慢慢在长大，有自己的生活，所以他们想做一点有意义的事情。退休的生活比较单一和舒适，可以踏实地过日子，可他们俩始终觉得这样好像是在浪费宝贵的时间。当看到这所学校的招聘信息时，他们心里就有一种感觉：这里更需要我们。

"我们教孩子们语言，同时自己也在了解这个国家的少数民族文化和茶文化。我们是在别的文化中长大的，不太了解当地文化特色，所以更想感受东方文化的魅力。这里有茶学院，孩子们在这里可以学当茶艺师或学制作茶、营销茶。我和Crickett经常去那里。喝茶、学泡茶这些都是简单的。我们可以学习采茶，了解制作过程和茶叶的习性，然后教孩子们相关的英语词汇。这样的交流更容易让孩子们记住所学到的，我们也从中学习。生活有多种选择。我们帮助孩子，也在充实自己。"Crickett的丈夫说。

最开始搬到学校时他们一家人不太适应住处里的小冰箱。在美国普通家庭的冰箱几乎都是双门的，周末时一家人会去超市买够吃一周的食材,装满冰箱,一周就不用管买菜这件事情了,所以对于小冰箱,他们一开始有点不太适应。他们的两个孩子通过远程教育,自己在家学习完成学业。对他们而言父母的决定是全新生活的开始。离开了熟悉的环境,离开了好朋友,到新的地方语言还不通。刚到学校时,一家人如何拉近与学生的距离成了他们的头号问题。夫妇俩决定在课余时间邀请学生亲近自然,安排郊游、徒步、爬山、骑自行车等户外活动。

"我刚到的时候都觉得不习惯孩子们看到我的时候说 hello。在美国如果这样,人们会感觉挺奇怪的,不明白陌生人为什么要对我说 hello。但是在这里我明白了,他们没有机会接触外国人,所以打招呼是为了有机会多看看外国人的长相,看看是不是会说中文,能不能和外国人说说话,了解国外的生活。我们在骑自行车的时候要是停下来,就在村口歇歇继续走。那时经常会有村里人请我们到屋里休息休息,喝点茶再出发,特别暖人心。"Crickett 说。

"有一种像你们都是老街坊的感觉。"我说。

"就是这样的没有距离感,都是老邻居的感觉。"

几个月后,语言不再是他们与学生之间的障碍了,友谊成了一座桥梁。Crickett 的丈夫还会和学校的男同学一起踢足球,而 Crickett 会请女同学到他们一家人住的地方一起烤面包。Crickett 认为他们的收获比付出还要多,也很高兴他们两个孩子的眼界能够变得更开阔。我想,选择在一个地方留下来无非就是因为归属感与"这里更需要我"。

大爱无疆

很可惜，我在学校里停留的时间比较短，几天而已，没有遇上一位来自法国的志愿者老师 Sid，但是不少人向我介绍了他的故事。

"一个外国人决定住在中国，需要在背包里装上探索的勇气、学习的热忱和融入一个全新世界的渴望。同时，作为一个法国人，我也把面包放在我包里。"Sid 说。

Sid，同样是一名英语老师，他还有一个爱好——音乐。有一天他听到有人在学校里玩音乐，就注意到了这些学生，特别想走近他们。玩音乐的学生是视障群体。学校全面地考虑帮助贫困家庭的问题，与此同时也在关注特殊群体。学校成立了盲人学院，提供高等学历教育，帮助他们自信、自立、自强。音乐成为 Sid 和这些学生的共同话题。Sid 喜欢记录生活。我们的摄制组跟拍他的志愿者生活时也发现，除了教课以外，其他的时间他几乎摄像机不离身。他用音乐与镜头和新交的朋友们一起吃喝玩乐，双方的校园生活因此而更有色彩。他想多多陪伴这些学生，因为他知道他们更需要大家的鼓励和认可。Sid 拍视频纯属爱好,不准备把内容发到网上做影像日志什么的。他想自己老了以后可以看看拍下来的视频,想起曾经经历过的事情,用文字、视频和照片的方式留住时光,希望生活中每一个阶段的记忆都能够鲜明如初。

  这样一群外国朋友,被学生们叫作"知识的翅膀"。他们成了这个地方的小天使,成了学生们的希望和伯乐。这些来自异国他乡的老师,带来的不只是知识,还有温暖。那一年学校里共有100多位志愿者服务于教学。当你想为需要帮助的人做一些什么,可能会收回这份热心,因为觉得一个人的力量太渺小了,一个人不能改变什么。世界这么大,志同道合的人一定有的。坚持自己的初心,你们一定会找到对的方向。也许这样的坚持会给一些人和地方带来不可估量的美好变化。这些有爱心的人在行动,用教育让这个山村开始它的美丽蜕变。中国给了这些外国朋友一份爱心和拥抱,而这些外国朋友也把这种爱回馈给这里的学生们,让他们对未来充满了希望。

不如一路向西，去大理

2014年由徐峥、黄渤主演的电影《心花路放》在中国上映。两位演员的强项是喜剧。观众以为他们再次组合起来只会有欢乐和无厘头，可这次剧情抓住了人们精神压力的问题和想逃离生活牢笼的内心。

电影放映的那一年我在北京已经生活两年的时间了，成了正宗的北漂。许多中国人的"北京梦"都是从北京火车站开始的，我也一样。从长春到北京，坐了一夜的车，早上六点多火车进站了。随着新一天的到来,新的生活要开始了,又是一个人生的转折点。先离开拉脱维亚到了中国,到了长春,现在离开长春到了北京,朋友的话刻在了心里——"你要是在北京行,你在哪里都行"。充满着信心,我期待着迎接北京即将发出的挑战。"洋北漂"安泽想努力成为北京的骄傲。

北京是一座很包容的城市,它欢迎你来实现自己的"北京梦",可能否在这个一天 24 小时都在沸腾的大舞台上脱颖而出就完全靠你自己的实力了。当时我一点都不害怕。往前冲,是青春的力量使然。眼睛里只有自信和勇往直前,有那个想熬出头的劲儿。我相信我与北京可以成为彼此的光。更何况在北京已经有了朋友,要是真遇到了什么困难需要帮助,我知道我还有朋友们在,他们是我的小靠山。在北京发展的朋友们知道我要来了,高兴地和我说要常聚,毕竟现在都在一个城市里,见面就不是什么难题了。我当时还挺天真的,人们说什么我就信什么,分不清这是不是客套话。几个月的时间我都期待着朋友们一起聚聚,不过都各忙各的,一年里好像只见了一次。我开始明白之前听不懂的北漂朋友的故事。身为"新北京人",我开始有落差。北京人才济济,高手如林,要成功就要坚持不懈,所以选择与朋友聚会还是工作,人们的首选会是后者。到北京两年来,我不怕吃苦,克服各种不习惯,但却没有找到对的方式绽放自己的光芒。有一年,公司的年会被安排在了12月31日。跨年夜对外国人而言相当于中国的春节,是最重要的节日之一。国外的过法是一定要等到晚上12点,从旧的一年一起跨进新的一年。可公司没有这个传统,晚上10点年会就结束了。我一个人默默地回家,一个人默默地思考。每天都会和许多人见面,忙得团团转,但貌似充实的生活背后会有孤独的影子跟着自己的脚步走。在回家的路上我买了一瓶红酒和一些小吃,想和爸爸妈妈视频一下,一起按照中国时间迎接新年。爸爸妈妈在视频里给我看家里布置好的圣诞树和电视上播的跨年晚会。时间快到那最关键的一刻,"5,4,3,2,1!新年快乐!"爸爸妈妈开开心心地喊着。我听到了香槟的气泡把木塞挤出去的声音。爸爸妈妈和姥姥都干了一杯香槟,我喝了一口红酒,简单地与父母庆祝了新一年的开始。他们应该没有看出我的不开心。一个人过新年,在北京也没奋斗出什么花样,反而感受到了自己的渺小,像沙丘里的沙粒那么小——情绪很低落。我们家乡有一种说法:跨年夜的过法决定来年的生活。我陷入了沉思……

现在明白,成功的过程就像爬山的过程。征服了一座山峰以后,为了爬得更高我们得先下山再爬上下一个更高的山峰。遇见更好的自己就得经历低谷。在那段学着在大城市里活着的时间里,一首歌曲的陪伴会让我感到温暖,我不是一个人在经历着游子的生活和困难,很多人和我一样在北京寻找自己。那首歌是汪峰的《北京北京》,懂北漂的声音,句句入骨,有着浓重的自省意味:

  人们在挣扎中相互告慰和拥抱
  寻找着追逐着奄奄一息的碎梦

北京,是我们的选择。不能失败,再难,也要坚持。

一路向西

不管在什么地方奋斗着,人们难免会有烦躁不安的心情,渴求卸下烦恼。有人枯燥地熬日子,感觉全世界的不顺利都扣在自己身上一样,想找到可以恢复平静、可以有好眠好梦的去处。哪怕是一时的,但至少可以缓一缓再继续坚强。随着电影《心花路放》的火爆,人们似乎是把它看成了一扇有希望的天窗。电影火了,取景地大理也跟着火了。电影《心花路放》成了给大理的村镇带来心花可以持续怒放的电影,推动了旅游业的发展。因为不一样,所以有吸引力。大理的旅游业一火爆,这里的浓郁异地风情就备受关注。2014年年底我们目睹了云南省大理白族自治州的发展变化。当地人走上了奔小康的道路,而追随着电影的人们走上了一条治愈心情的路。旅客多起来了,城乡居民的日子也能富起来了,从事餐饮和民宿旅游比出去打工带来的收入多了不少。这里还有一个别样的现象。城市无法给予的宁静使许多外地来的客人想在这里"任性一下"与"释放"自己,做想做的事,不光是实现说走就走的旅行、回忆电影中的种种情节。当我在一家卖冰箱贴、明信片和文具的小店逛的时候,老板看着我是外国朋友就问我来自哪里。聊了几句以后,我知道了他以前是一位在北京发展的律师。

"一路南去的征途,为了开一家10平方米的小店。这和您的职业完全没有共同之处,为什么不在北京开呢?为什么要跑到这里来圆梦?"我好奇地问。

"是一种发泄吧。……"

开手工艺小店铺、开文创店、做扎染短袖、经营客栈等更能够代表外地人来这里的原因。这是一种别具一格的甩掉压力的方式。这样一来,出租闲置的房子给城乡居民带来了收入。

2016年用手机做直播节目成了新潮。观众的口味发生了变化,节目的受众想看更真实更贴近生活的内容,更想看到穿帮的镜头和漂亮画面背后的故事,接地气的直播形式满足了观众这方面的需求。那一年12月份我受邀用直播形式轻松快乐地体验七彩云南。我很期待这一次的旅程。与云南的旅游胜地丽江和香格里拉不同的是大理有一个让人感到格外舒服的洱海——有水的地方更有助于让大脑得到放空。冬季里的大理春意盎然,白天是温暖的,晚间却得穿羽绒服。烧水喝茶时发现水跟在北京烧开的水不一样热——忘记了我们正在苍山脚下,这里是高原地区。这是我见过城市如繁星的夜灯离乡村寂静的稻田最近的一个地方。逛了大理古城,发现它与北京的旅游景点南锣鼓巷一样,被人熟知以后偏商业化了。对此,我首次有了别样的感触。在顺应市场需求的同时如何保护好一个地方纯净的本色?新老文化相融面临着新的问题。提高村民的生活水平,让他们从吃饱到吃好是首要的。可如果一个地方是沿着"旅游扶贫"模式发展,那么保留文化记忆是至关重要的。

与大理古镇相隔没多远的喜洲镇另有一番面貌。没有纵横交错的道路,也没有被翻新的古镇一般都会有的手鼓店和吉他店,甚至店铺和餐厅都没几家。这里多了一份安静。车停在了喜洲常会出现在旅客照片里的一个角楼附近——很受欢迎的拍照地点。墙上露出的曾被涂刷过的"公共电话亭"几个字十分有光影感、年代感。

不知道为什么这个转角火,可能是一种对旧时光和老物件的恋恋不舍吧。人生是单程旅行,现在不和它合影,也许下次再来,这几个字可就真被涂刷不见了。住的客栈就在这个角楼的左侧。一层有小咖啡屋和庭院,二层是客房和适合静静地发呆的区域。每天上午和下午我要做一个半小时的直播节目,带着大家游玩大理。剩下的时间用来到处走走停停,享受无拘束、无压力的日子。沿着角楼往前走,看到左侧有两三家小店,而右侧则是一片田地和非常有名的橘黄色的一面墙。第一家店特别像在地球另

喜洲角楼

一端的法式咖啡馆,外面摆放着几张桌椅,我喝着手冲咖啡,放下在外漂泊的心态,自由呼吸,融进田地散发的宁静里。咖啡馆的老板是外地人,已经在这里生活一段时间了。我再次感慨:这的确是一个很有魔力的地方,真不愧是可以治愈受伤的心的地方。你并不想把心藏在保护自己的躯壳里,在这里遇见的天南海北的人都仿佛是彼此的心理医生,愿意与新认识的过客交心。和这家店的老板也一样,我们很快就像好久没见过的老朋友那样聊起来:

——前面的田地种的是什么?

——现在是蒜地,秋季里种稻子。

——蒜地?!为什么要种这么多蒜啊?

——因为——这里的人爱装蒜呗!开玩笑哈!

——您好幽默!

陌生的我和你,面朝蒜地,心里的压力顿时消失。

很清静。看着田地里的蒜苗,重新审视一年的经历;看着拥有青春和希望的一片绿色,浮躁的心境会转向新的起点。从早到晚都有情侣和新人来这里拍照,散漫地行走。喜洲还具有当地特色的瑰宝——白族民居。青瓦白墙的建筑多为"三坊一照壁""四合五天井"的封闭式庭院格局,墙上精彩纷呈的彩绘是建筑中的点睛之笔。在喜洲的小巷子里能感受到白族原汁原味的生活。老一辈的当地人还戴着白族的头饰,穿着白族的服装。洱海西岸的喜洲镇金河村有小型生态公园。公园呈舌头的形状,由宽至窄深入洱海,因此得名海舌公园。在这个很美很有特色的地方,节目组为我庆祝了我又"小"一岁的生日。

大理的云,怎么看都不腻

有一年,位于大理剑川县的沙溪镇华丛山小学的情况登上了一个媒体网站。我在喜洲认识的开小纪念品店的老板看到了这份报道,有了尝试为小学的贫困孩子做一些什么的想法。老板决定先去那里了解情况,在去的路上走错了好几回,地方比较偏,导航找不着路。到了以后,他一看学校才知道那是一个只有一间小教室这么大的学校,总

大理的云

沙溪镇华丛山小学的孩子们

共有十几个小学生,而且那里只有一个老师,负责教一年级到三年级的孩子所有的课。老师转达了孩子们的需要,老板开始组织帮助孩子们的事情。老板与朋友在大理发帖子介绍准备做的事情,呼吁更多的人参与进来,没料想会得到不少来自完全不认识的人的支持,他们都不求回报,根据自己的能力捐款捐物或帮助搬运为孩子们买好的东西。"这些乐于助人的不留名字的人是最可爱的。"老板说。除了他们以外,多半都是一面之缘的朋友(店里的客人)或是客人的朋友。参与者为孩子们买了被子、手套、粮油,还有音响和电子琴——特别希望在孩子们的心里种下音乐的种子。送东西的时候有一位一起去拜访孩子的志愿者会弹吉他,现场还为孩子们唱了几首歌。那一刹那老板感觉村里的生活条件虽艰苦,但从孩子们的微笑可以看得出他们的幸福指数不比什么都有的孩子低,那就是人们所说的心灵上的快乐。

不像在大城市那样要算时间的成本,在大理可以感受到时间的缓慢,听到自己的心声,看到各种不可能。认识这位纪念品店老板是在 2018 年,那时我带着妈妈在大理放松心情。妈妈在老板这儿挑完了喜欢的明信片,我们也聊差不多了。我挑了带有喜洲角楼图案的冰箱贴。要与老板告别了,在下一个被吸引住的店铺里能不能再次遇到有趣的灵魂与故事呢?我和妈妈都满怀希望。

雨停了,我们从喜洲中心四方街继续逛到另一个小巷子,没有太多商业气息的喜洲在发散宁静。这里的生活节奏与法国南部十分相似。午休的时间很长,12 点左右到下午 3 点很少有人开门营业。一切都随心所欲。我们看到一家小店开着门就好奇地进去看看。一位姑娘出来迎接我们,说在这里卖的都是她自己做的酒。大小不同的玻璃瓶里装着不同颜色与度数的酒,有酸木瓜、百香果、杨梅和其他意想不到的口味。一些酒还挺有文艺范儿,名字很特别,比如52度的烈酒叫消愁,低度的朗姆酒色的酒叫醉清风。姑娘让我们都尝一口,为她的作品点评。我和妈妈瞬间感觉自己开启了一段高端品鉴之旅,品着每一款酒和口感里含着的哲学。

迎接我们的姑娘叫木木,来自大连。她和纪念品店老板一样,2013年的时候第一次去了大理。那时她还在上大学,学平面设计。自由、任性、恋爱、逃课、青春,这都是除了好好学习、天天向上以外,大学生活中不可或缺的一部分。有人说上大学不逃一次课不叫上大学,木木当然也想尝试逃课的滋味,就溜到大理了。第一次还没感觉这个地方多么有吸引力,是第二次去的时候她的想法有了变化。木木开始熟悉这里的生活,也被大理有趣的人和故事吸引了。2014年毕业后她与几位小伙伴有创业的想法。之前在大连她和学长一起开过一家工作室,但是那个时候大理开始吸引她,想留下是因为喜欢气候,更想留下是因为喜欢的那个他也在大理。木木和朋友合伙在大理古城开了一家小咖啡馆。朋友负责管理,木木休假的时候才去看看。这样两地跑了一阵子,直到2015年大连工作室的重心开始转变,木木的工作量减少。她想着干脆去大理好好打理咖啡馆,平面设计工作远程操作也没问题,还有一个让她彻底搬过去的理由当然是爱情。

搬过去以后木木越来越觉得大理的包容性很强,怪不得它是很多人的诗和远方。在这里生活没多久咖啡馆就散伙了,木木和男朋友决定自己创业,想找一个安静一点的氛围。两位决定搬到喜洲,2015年年底他们的第一家小酒馆开始营业了。木木在那个时候有了自己做酒的想法,为了实现自己的心愿,就开始研究怎么调出带果味的酒品。在研究哪一款基酒最合适时,也有一段时间碰不上最佳的,对调出来的味道也不太满意,于是就进入了一个灰色轮回——发酵期过了就品尝,不满意倒掉重做,再不满意再做。略累。不过她想有了勇气开始就要有决心把所开始的做下去。她的坚持给她带来了满意的口感和越来越多喜欢她做的酒的人。木木说开店的过程就像一场奇幻之旅,总会给她带来惊喜。2017年的惊喜就是开第二家——这一家我们认识的小酒馆。平面设计的工作彻底结束了。两家店让她结识了很多各种各样的朋友,认识有故事的人是她在大理的兴趣之一。

"我享受着在宫崎骏电影中描述的惬意生活。平心而论,大理不适合赚钱,但我恰好也只是抱着来享受生活的目的来的。"听到这两句话,我追问她的家人怎么看。木木说她的家庭可能不太像典型的中国家庭,爸爸妈妈对她的要求就是没有要求,开心就好,也不催结婚,也不说想抱孙子什么的。

木木说大理的名气帮助村民的生活水平得到了提高，一部电影火了之后，主要改变了沿着洱海的村落的发展。然而木木最担心的是自己认识的那个大理会变，一些地方失去了可以静下心的氛围。她选择了依旧保持着慢慢来的生活习惯的喜洲。春节刚刚过去时游客来这里一路追云，追相约成片的油菜花和樱花，秋天时邂逅最美稻田。喜洲人最早是做一些贸易或从事农业生产，旅游业兴起以后很多田地都被政府回收统一合理规划，让百姓靠出租店铺赚取收入，木木沿街的两个商铺也是规划之内的建筑。我和木木加上了微信，加上微信以后当然要快速翻翻对方的朋友圈，想认识一下新加的朋友。我看到她经常会发带有猫和狗狗的图，那是她的家庭成员——四只猫咪和三只狗狗。

为了能让家庭成员的生活不被四面墙束缚，木木想找一个更宽敞的院子来住。她去了离苍山不远的下院滂村。小村落有不少新盖的院子，大部分是村民准备留给自己的子女来住，不出租。经过小巷子的时候她看到了一家院子里很漂亮的三角梅。看树枝很久没被修剪过，她就去打听这是不是一个没人住的院子，果不其然，是一个空落落的院子。木木觉得与它很有缘，就决定租下来。院子楼上是一个平台,她种了很多多肉和其他植物,像百香果、柠檬树、仙人掌、爬山虎、桂花树、蔷薇等。部分多肉植物是木木曾在大理追过梦的朋友留给她的"遗产"。她有一点小难过,因为部分多肉是她刚到喜洲的时候交的比较好的朋友留给她的。几位朋友撑不下自己的门面回老家了,她觉得朋友回老家了,而多肉是他们在大理留下的精神。追梦是一种冒险,未必会实现,可你要投入到底,有足够的勇气去追逐自己的诗和远方。

说到多肉,室友和我都在养。室友的房间是阳面的,我的是阴面的。室友的肉肉们一年一次都会疯狂地开花。我的活着,但不开花。我们做过尝试——把多肉放在室友

木木的猫咪

木木的多肉

的房间里养一年。果然,在那里我的多肉燃烧了自己的青春。我想说的是,木木的朋友们来大理为幸福奋斗时可能就是到了"阴面房",不适合自己的人生开花。世界上还有很多其他地方有很多房间可以打开看看。木木的一些朋友离开了大理不意味着失败,是知道了那不是他们的"阳面房"。木木朋友的肉肉们留在了她身边,陪着她继续经营梦想。她也经历过赔钱的阶段,但当经营店铺与客栈进入到不景气的阶段时,她的生意算是比较稳定,总算渡过了难关。会不会是朋友通过肉肉们给到了木木坚持的力量?别忘了,还有爱情呢!爱情有使人坚持下去的强大力量。

木木说自己没有野心,当可以让自己做的酒机械化增加产量时她还是选择以小量小规模为主,因为她喜欢一个人做酒的过程,喜欢它是木木制造的。我相信现在有人想"真好,这是我想要的生活",然后还是会默默地继续守在自己的岗位上,羡慕着木木心田有这份知足,羡慕完却选择让想要的生活住在内心深处。我们知道自己不会成为木木,但是很开心木木替我们实现了住在内心深处的不为野心的梦。

一部电影,一个地点,一个村镇的改变。这么多年过去了,大理喜洲还是我心中念念不忘的地方。很高兴 2018

年妈妈来看我的时候,我把我们的旅行计划安排在了大理喜洲,让妈妈看看我之前去过的地方,也让自己再次看看心仪的远方。游客有所增加,但独有的历史人文气息并没有消散。2014年的喜洲与2018年的喜洲都是那个可以寻找自我的地方,苦和累在一次旅行中烟消云散。

宁静过后,终归繁华……

大理喜洲……下次见。

且行且成长　携手媒介

从黑白到彩色,从标清到超高清,电视经历了许多发展阶段。我妈还没把自己嫁出去的时候,和我姥姥姥爷住在给姥爷分配的军人公寓。20世纪70年代公寓里的生活很像老北京胡同的生活,妈妈形容的公寓里的住户跟胡同里的街坊邻居一样,几乎都认识,像是一个大家庭。当时全公寓只有一家有小黑白电视机,人们都会在这稀罕物前围坐着观看节目。屏幕前还会放一个放大镜——为了大家都能看得见。我妈妈说那时看电视是一个很欢乐很热闹的日常活动。到了80年代,彩色电视慢慢普及。但买彩色电视属于较奢侈的消费,不是所有家庭都能承受得了它的价格。父亲上学时家里的电视是黑白的,但一位同学家有彩色电视。每周四我爷爷奶奶把新报纸买回家,爸爸下课后会在家里认认真真地"研究"报纸的最后几页——几个主流电视频道的节目单。要是有足球比赛的直播,爸爸会联系那位家里有彩色电视的同学,向爷爷奶奶申请去同学家看彩色电视、彩色的比赛。爸爸说现在聊黑白电视的噪点和波形纹会感觉它们很有魅力,觉得自己也是电视"成长记"的见证者,但当时如果能坐在彩色电视机前观看比赛,当然彩色电视优先。为了看到彩色的比赛爸爸愿意付出一切代价,他很想看看球员球衣的颜色、草坪的颜色和更鲜明的足球的黑白色。从爸爸妈妈分享的电视故事中我感受到当时电视是暖心的社交工具、共享欢乐与闲暇的工具。现在看电视,除了专属频道的报道以外,几乎都看不到农业和乡村的消息。爸妈说七八十年代关于乡村劳动生活场景的报道很多,每天新闻都会报道国家农业公社、农业劳动组合和共耕社的情况,以及其他与乡村社会有关的内容。那时电视没有几个频道,白天和晚上打开电视还会看到彩色的原型图。电影和节目经常会重播,以至有的人都把节目和电影的台词倒背如流了。看电视是那个年代的"仪式",改变了老百姓的生活,那种对满屏彩条的电视和节目的热情与现在迥然不同。

从21世纪初起电视和其他传播媒介蓬勃发展,从传统媒体到新媒体的变迁构建了新的环境,带来了节目功能定位的变革。我投身影视行业时,该行业承载的功能已不只是简简单单地要播放时事新闻、文艺节目和体育节目等,让百姓获取知识、放松身心。现在节目的制作团队关心能不能有总冠名或赞助商,除了社会效益也重视经济效益,因为只有足够的赞助,才能让一个好作品诞生。节目竞争压力也与日俱增,传播什么、怎么传播、受众是谁、受众喜欢什么、怎样提高收视率等问题是当代媒介需要面对的日常。观众的口味一定程度上引导着流行趋势。

2013年起一个新的节目形式的出炉引领了新风潮。我印象较深刻的是2015年浙江卫视的一档新节目。那时浙江台开始提前做一档全新综艺节目的宣传工作,吊起了大家的胃口。节目定档是每周五21:10。首播那天我在南京出差,彩排后还来得及追上节目的尾巴来看看到底为什么这么多人等着看。打开电视上正在播出的《奔跑吧!兄弟》节目的第一期——几位粉丝众多的流量艺人成团参与设计好的游戏,有比拼,有要完成的任务,我的第一感觉是"闹着玩"。实不相瞒,第一次看我还真没看明白乐趣在哪里,只觉得它的形式和其他节目相比的确不一样,不用大开脑洞，是一个纯放松型的娱乐节目。这个节目算是引领综艺节目转型的节目之一，此后大量的真人秀节目涌入荧屏，体力运动的、动脑筋的、相亲的、体现亲情友情价值观的，该类型的节目如雨后春笋般出现。到2017年各种各样的真人秀节目扑面而来，这也导致其精彩程度下降、内容略显乏味。人们面对海量的真人秀都不知道看什么好，选择太多让受众感到心累。快节奏的节目，快节奏的生活，什么都快，太快了！看节目紧张，为比拼的嘉宾着急；不看节目也紧张，成天步履匆匆，因工作与其他的事情在压力下生活。人们在繁忙的生活中忧心忡忡，期待着节目提供的内容能让安静与舒心流入心间。这时一个节目组看到了记录生活平凡一面的潜力，真人秀新类型——慢综艺上线了。

慢综艺，乡村受益

2009年我陪好友去北京机场，过安检还早，我们在新开的一家咖啡馆里坐了下来。2009年咖啡店的生意很一般，就拿我们坐的咖啡店来说，在午饭的时间段店里一共只有四个人。咖啡来自西方，在中国它是舶来品，但现在更契合不断加速的生活和人们生活习惯的饮品就是它，在中国到咖啡馆小坐成了工作中的人们寻求放慢步调的生活方式。追赶生活脚步的人快中求慢，快中寻求可以独处和集中注意力的空间。我常常也会借助所谓工作与家之外的"第三方空间"咖啡馆准备好我的工作。在家看稿、做功课没有灵感的话，我就会带着电脑出去换换环境。2017年1月初我在北京的一家温馨宁静的"第二办公室"——咖啡店里边喝我最爱的去冰浓郁拿铁边找灵感。休息片刻时，我喜欢看社交软件与微信朋友圈里的动态。那天好多朋友和媒体都在讨论和转发一档新节目的预告片：《向往的生活》节目闪亮出场，带来了向往的慢生活。

田园生活与三顿家常菜，几位风格不一的男主人公与多年老友的来访，一条狗小H和"哲学鸭"彩灯透着生活中平淡美满的滋味。节目受欢迎的程度居高不下,亮点在于没有紧张刺激的任务,没有冲突与矛盾环节的设置,节目像一棵没有扮上装饰品的圣诞树,让人看到了圣诞树云杉本身的自然美。拍节目时这种自然美叫纪实。《向往的生活》所呈现的就是平凡的日子,令人尤为放松。虽播出的是你我都可能有的平凡生活,但这个不在熟悉的城市环境里拍下来的平凡生活更令观众感到舒服,特别养心。几位嘉宾模拟乡村生活,砍柴、种地、做饭,那么真实、自然。节目精髓在于"慢"和在"慢"字上做足了文章。此外,它还有一个我更加关注的特点,即乡村文化与生活的嫁接。乡村主题引发人们的关注。

慢综艺的热潮来了。乡村题材的节目大量涌现,户外慢综艺节目彰显了自身独特的魅力。乡村题材,明星嘉宾干活并表达自己的声音,这样的串联引起了观众的情感共鸣,使他们得到了精神上的满足。节目找寻可以离喧嚣与压力远一点的角度,用乡村题材展现人们对美好生活的追求。镜头中乡村社会的生活当然有一些失真,弱化了乡村物质条件问题,展现了人文化、理想化的田园。我并不觉得失真在这种情况下是一个缺点,它与节目的定位、传播对象有关。可不管怎么样,节目播出后的实际效果也涉及拍摄场地——乡村。过去关注一档节目或一个连续剧的观众,他们追星、追节目更多是以人物主角为主,而现在喜欢慢综艺节目的观众,则是节目的主角去了哪里,追节目的他们就想去哪里。这样的转变体现了社会经济发展与人们追求的变化。媒体与名人可产生的辐射带动效应很大。对于乡村振兴,尤其是发展乡村旅游业来讲,融合媒介的力量可以加快人们奔小康的步伐。现在社会有能力满足人们"体验明星体验过的,住他们住过的,吃他们吃过的"愿望。通过乡村类的慢综艺,乡村成了绝对的受益者。《向往的生活》这档节目把乡村作为核心要素,其角色在节目中与各位嘉宾一样重要。乡村类的节目不光开始让人注意到了某一个地方,也开始让人关注到了乡村旅游。众多以乡村为表现对象的节目帮助了乡村旅游的发展和乡村发展质量的提升。作为一个乡村发展的产品之一,乡村旅游的演变过程越来越明显。如从传统农家乐到新型农家乐,受众的审美标准提高了,乡村的审美与服务标准也开始有了大改观。节目的镜头深入到乡村发展的巨变之中,开始使用"加法"——挖掘既可以带来好看的节目又可以帮助推动乡村发展落到实处的题材。这时展现另一个角度的节目出现了。2017年湖南卫视《亲爱的客栈》节目热播。它重点讲述明星经营一所客栈的故事,同时也会打开话匣子聊生活、聊理想、聊工作和情感。在我看来,第二季的节目意义深远。节目注重结合真人秀与公益,承担相应的社会责任。拍摄选址地位于内蒙古阿尔山白狼镇。

节目像是搭建并经营农村民宿的"行走的教科书",我看到了与当地村民以及村支书等人的更多互动,明星团队手把手教他们如何经营新建的客栈,因为节目的最终目的是把这个爱心之作交给当地人,让他们成功接手,继续经营这个助力发展当地旅游产业的客栈。

节目触动了我后来认识的一位97年出生的姑娘和她的父亲。这位姑娘对我说《亲爱的客栈》第一季里的客栈打动了她。那是在离云南丽江市区不远的泸沽湖边的客栈,她特别喜欢晚间客栈的画面,晚上打了灯后客栈的样子完全就是她和父亲心目中民宿的样子。这位姑娘是一位在村里长大后来到城里学习、工作的姑娘,然而她的梦想与有同样经历的青年不同——她是返乡者。

回家乡:最爱的地方原来就在身边

她叫邱婷,老家在浙江省宁波市象山县中南部的茅洋乡白岩下村。她曾在杭州学护理专业,从事过护理工作。如今,她就在三面环山一面通海的老家生活、工作。我对她返乡的决定很好奇。在我印象中,农村青年一旦到了城里,就不太愿意回老家。在杭州读书的时候邱婷感觉在大城市生活其实没有那么令人向往和开心。她说:"我比较喜欢象山慢悠悠的生活。"而另一个使她心系家乡的原因就是家人。我感觉在亲情与自己之间,她更重视前者,并且她重视亲情的程度比同龄的年轻人也要高很多。父母长期在外工作,邱婷从小和外公外婆一起长大。对她来说,外婆像母亲一样。返乡的初衷就是想和爸爸妈妈一起回到家乡生活。当时邱婷的爷爷和外公外婆已经年迈,她想住得离亲人近一点,照顾和陪伴他们的时间长一些。邱婷的父亲有同样的想法。他在外面做生意漂泊几十年了,到了一定年纪就不想再东奔西跑。老家的房子已经破旧不堪,无法住人,邱婷和父亲就想重新建造一个一家几口可以住的小院子。那时村里开始众筹建造玻璃栈道,打造景区，就是现在的仙岩景区。乡里开始大力进行新农村建设，而且近几年兴起一股建造乡村民宿的热潮，所以最初回乡修建一家人住的房子的想法延伸成结合当地建筑特色盖民宿。

"盖民宿更是我父亲的想法。父亲有这个想法的时候我还是个学生。即使是现在，我的想法也无法支撑起这一切，没有这个财力和这么长远的眼光。"邱婷说。盖楼的第一个问题就是宅基地的问题。设计好的民宿项目占地面积较大，要按计划建就要解决农村的土地置换和买卖问题，因为部分土地归邻居所有，要一家一家地去介绍自己的想法，说动他们并找出大家都觉得合适的合作方式。邱婷说沟通过程中有一些关系好的又觉得条件合适的村民就会选择置换买卖，有的村民即使自己的土地没有特殊用途也不换地，所以后院有一块原来规划进去的土地就没有谈成。民宿旁边还有一幢十几年的烂尾楼，影响美观。邱婷家就试着跟房主商量免费装修，装修完给邱婷家五年的使用权。沟通很顺利，现在民宿餐厅的位置就是原来的烂尾楼的位置。自从有了盖民宿的想法，父女俩十分投入。而我作为一个理性主义者就不能不考虑关于资金的问题：盖一家人的住处和盖民宿是两个概念，投钱盖民宿要投不少。邱婷说，她的父母有了回乡的决心以后就决定卖掉城里的房子，无怨无悔。邱婷和父亲精心地设计了民宿的每一个角落,他们的新理想是盖起一个可以传承地域文化的载体,为老家的旅游发展做出贡献。

邱婷是在青砖黑瓦、四四方方的老院子里长大的。晴天时她在院里嬉笑玩耍,雨天时看雨水沿着瓦片掉落到大缸里。邱婷的父亲年轻时除了做生意,也做过其他工作,其中一段时间他做过缸窑。现在缸窑是该村的文化产业之一。父女俩对大缸这个传统元素深深的感情让他们一致决定把它融入民宿建筑设计中,为的是留住特色文化,留住记忆中如水的光阴。

邱婷家的民宿

从有了想法到项目落地，邱婷一家人大约花了三年的时间，纯盖楼的时间为一年半。邱婷给我发过来许多盖民宿的照片。找照片像是进行一场时光倒流的旅行，记忆顿时会泉涌而出，诉说着生活中可称为小传奇的事。邱婷说："民宿从无到有，至今翻开这些图片还是会热泪盈眶。"

经营民宿成了他们一家人的主业。家里无一人是专业人士，但是从项目启动大家都莫名亢奋，想做好此事就要做到底。现在邱婷在老家全职管民宿，父亲捡回来了曾放下的大厨工作，成了民宿的大厨。母亲更多是照顾邱婷在上学的弟弟。除了家里人，邱婷还请了一位管家，是村里的一个"90后"姑娘。

2019年象山茅洋高速口通了，来自宁波、杭州和上海的游客来邱婷的老家旅行更加便利了。民宿管理团队一直在不断完善民宿环境。2020年过年前邱婷在民宿的餐厅前建了夯土墙，在荷花塘上建了一座茶室小院，希望给客人带来全方位的乡村旅游的体验。在管理民宿时，邱婷的想法又有了新的延伸。她和一位朋友一起成立了一家公司，专门卖当地农产品，帮助村里的农民增加收入，共赢互利。

回家乡，回到最开始的地方。在民宿的公众号里邱婷写过关于自己回归的文章，触动人心。"乡下的日子免去了城市中的紧张，人与人的相逢与熟悉很是自然。"三面环山、一面通海的白岩下村和围着民宿的稻田成了邱婷一家人的精神食粮。当我问她有没有什么遗憾的事,她说唯一的遗憾是父母把城里的房子卖了……在我看来,这种行为不用解释。大爱无言,就是字面的意思。曾经很流行的一句话很适合他们一家人:"走遍了全世界才发现,原来最爱的地方就在身边。"卖房筑梦,不瞻前顾后,只为重建家庭联系、重建乡村。

谁说乡村不抖音

提倡用心生活、热爱生活的慢综艺迎合了人们的追求,同时也提高了对乡村的关注度。在慢综艺出现前,不少选秀节目开始下乡找人才,为村民提供展示才艺的舞台。只不过根据我的观察,部分这样的节目把重点放在了人物故事上,强调村民不容易与辛苦的一面,导致"同情套路"用多了显得不真实,受众就不想为故事流泪。戏剧性行为在受众的心里会产生一个刻板印象:只为卖惨而来。虽然那只是几个人的故事分享,但这一类的内容多了,光说苦衷会迅速拉低该社会群体的整体形象。

依我所见,乡村社会传播手段有一定局限,我们对农村群众生活的认知是一个空缺。新闻反映农业农村现代化建设的成就,负责报道国家在此方面的事情;真人秀节目和慢综艺很难挖掘更深层次的内容,一般只会轻微地触碰乡村的话题。要了解当代乡村社会的变迁,得依托乡村社会自己的声音。只可惜,对准这个声音的镜头寥寥可数。好的纪实电影与纪录片对乡村社会的生活诠释得很好,但我知道在村里镜头跟拍不常见。村里人互相交流,如视频连线什么的,状态和在跟拍镜头面前的表现还是会有区别的。好想看到不是对方被拍的作品,而是对方自愿在一个平台上发布内容或直播与大家互动交流。

参与镜头跟拍或受邀参与某一个节目的拍摄是因为适合,参与时所表达的内容仅限于主题本身,自己的喜好、生活方式、"三观"等几乎都会在镜头之外。但谁没有一颗想表达自我的心呢?可大家想想,现实生活中会有多少人认认真真地听你倾诉、陪你说话?要是为此需要短暂地让手机离手,我觉得百分之八十的人都会分心。他们在听你说话,但心不在焉,想着什么时候可以拿起手机。朋友见你时说:"好久不见,我们吃个饭吧。"可刚吃了一口,他们就消失在手机屏幕里忘了你的存在。你不拿手机自己找点事干，场面会极为尴尬。有时真不知道来见面都是为了什么，见一次面，当面说话都比不上多看手机一眼的诱惑。于是我建议，要想让人认真听、听得见你，你就要把想说的投射到手机里。

网络直播形式打开了新奇的表达自我的大门，但我想说说热度多年不减、"寿命"更长的网络短视频平台。它以视频会友的形式受到了极大的追捧，短短的时间、快速地了解，特别好消化。内容的传播者来不及啰唆，观看的人来不及看腻，还没有看够，下一个视频就开始播放了。短视频像是睡前故事，有人无法想象该如何度过入睡前不刷刷屏幕、看看丰富多彩的视频世界的夜晚。关键是这个新型平台不限年龄、不分身份与国籍，人人都有当素人明星的机会。

朋友开始玩抖音，我也跟着下载了软件试试。不玩不行，大家哼唱的歌和讨论的梗大多数都来自短视频。不玩就没有共同话题。我把它当作一个偶尔没事图个乐玩玩的软件，跟着大家模仿最火的内容。后来我有了个想法：制作一个有特点的、让人记住内容和作者的作品。对于一分钟的作品，别看它时间短，成本不高，但是做好它要花不少时间和心思。2018年年底我遇上了制作短视频的知己，很有头脑、很有天赋的一位"90后"。我的天马行空的想法他都懂。我们把想法梳理成一分钟的作品,经过两个月左右的交流与探索,我们的音乐故事诞生了。粉丝量迅速增长,点赞量与互动量都是惊喜。身边的人看到这些,以为音乐故事很赚钱,很成功。告诉大家一个小秘密,这个成功没给我带来任何收入。音乐故事算是我的小树洞。听一首歌时,我很在乎歌曲想要表达的内容,然而人开心时更多的是听歌曲的旋律,不开心时才会更懂得歌词的词义。我特别希望富有张力的文字有一个被听到的空间,给歌词的词义多一点读懂它们的时间。网友陪伴着一分钟的视频到最后一秒,没离开,我就知足了。要是故事还温暖了对方的心窝,让人回味,我就更觉得坚持做这个是值得的。不骗大家,有半年的时间我是完全放弃了,觉得没有创意,觉得人们应该已经不想听了吧。我开始偶尔发一些与音乐故事不相关的内容,随便玩,直到没取关的粉丝的评论打动了我。网友的惦念让音乐故事再生。在做音乐故事的同时,我也会关注别的抖音账号。这个平台很年轻化,内容时尚。根据你的喜好,平台会推送你可能感兴趣的视频。我看的比较多的是舞蹈、情感解说、足球、主流节目的段子和搞笑视频。但有一天我想:这不是全民化的平台吗?那——村里人也在玩吧?刚要睡着,就被这个想法打发走了困意。我精神了起来,不想等到起床再说,起身打开短视频软件,在搜索框里分别输入"乡村、乡村振兴、扶贫",想看看有没有村民在玩抖音。

田野里的七月

固执,好还是不好?我听别人这样形容一个人时,能感觉到这不是在夸赞对方。倒是我性格上的固执,我不得不说它的好,它给了我遇见不少惊喜的可能性。您看,我根据一些关键词寻找某内容时出现了二十多页的信息,多吧?嗯,有点。您会想,看前几页差不多可以把需要的整理出来了吧?No,No,No!我的性格不让我放弃任何一页,我要是忽略一页都会睡不好觉的。我想,万一!这二十页中我看到第十九页没有坚持到底,而就在那最后一页上有比前面十九页更珍贵的内容呢?嗯,我活得很累。没办法。以我对我运气的了解,不看到底就一定会后悔的。在短视频平台上,我找了一晚上真正可以代表乡村社会声音的作品,找啊找啊找啊……找啊找啊找啊……内容符合的并不多。在我快要放弃的时候,亲爱的固执,感谢你在我骨子里流淌着,没有让我漫不经心。要是没坚持把视频栏翻到底,多次输入不同关键词去寻找,就无缘发现村里那温柔亲切的一家人。

这家人的账号名为"田野里的七月"。按下播放键,质朴亲民的故事便开始了。我才观看了几十秒,却有一种与这家人认识很久的感觉。2019年12月29日,乡村的生活进了腊月门,是我点开的第一段视频。拿着带盖帘的大盆,主角出现了,对着镜头说要做馍馍了。人像摄影的风格富有质感和直击人心的美感。这时,孩子在画面之外萌萌地叫妈妈的声音出来了。站在镜头面前的母亲自然地回了一句"唉",笑着看了孩子一眼就继续干活。孩子还小,正是特别黏妈妈的时候。镜头没有避开孩子任何的出现和参与。在下一个镜头里,妈妈和孩子开始一起揉面。一切都那么自然朴实。生活在乡村的一家人用短视频来记录生活。我被视频里没抹去的生活中小而美的瞬间感动到了,陪孩子唱歌忘词、西瓜从孩子手里掉到地上、说话笑场等非常有生活味道的画面都没有放入电脑的回收站里被永久清空。在众多内容中他们的作品像是纯净泉水,没有偶像光环和主播的架子,直播间里和短视频里介绍乡村生活的琐事真诚又透彻。

截至2020年年初,经营一年多的"田野里的七月"账号已经收获了两百多万粉丝。一般情况下一个账号这么受欢迎,一批想接管账号的专业公司会与短视频的作者谈合作,由作者负责内容,公司负责运营推广。如果这个账号也是这样,想直接联系到本人进行采访或交朋友有点困难。想认识他们的欲望太强烈了,我便写了一封长长的私信介绍自己，介绍想认识他们的原因。那一段时间我在拉脱维亚休假。在短视频平台给播主发送完我的长长的"告白"以后，我把手机放在枕头旁边准备入睡。拉脱维亚时间晚上十一点多，这时候北京的天要亮了。我闭上眼睛想象再过几个小时也许对方会看到我的私信，也许会回复，也许看完就会删掉，也许私信会消失在"私信海"中……这么火的账号，私信被"翻牌"的概率确实不高。我的账号有六十多万粉丝，每天都有二三十条私信。我知道重要信息容易不小心被淹没被忽略，或是对对方而言并不重要。我要睡觉了。俄语有一种说法叫"мысль материальна"——意念是微妙的力量，可以转换成相等的物质。我默念睁开眼睛打开软件就能看到最期待的回信。

拉脱维亚时间早上九点多。自起床已过了半个多小时，双手发酸，平躺着双手拿着手机的姿势有十多分钟没变。我边盯着屏幕边想，这些辈辈传下来的说法怎么会这么灵呢！打开软件的信箱时，我看到了最期待的回信，对方说可以加上微信细聊！是不是靠意念真不确定，但是我确定以及肯定我联系上了镜头前的她。

她叫郭铖铖，"80 后"，与丈夫和孩子生活在山东省聊城市高唐县姜店镇西郭村。从北京出发的话，可以乘坐高铁到德州，从德州再需要两个小时的车程就能到西郭村。该村被评为聊城市的最美乡村，生态环境很好。平原上的村庄以种小麦、玉米、棉花为主。和铖铖没聊多久，我们就像老朋友那样没有一丝拘束谈笑着。她说村里年轻人很少，在村里四处闲逛时甚至有一种年轻人只剩下她和老公俩人的感觉。谈起家乡，铖铖总是滔滔不绝乐此不疲，说夏天去地里都感觉喜在心上。热爱乡村、热爱生活和家庭的心态，我隔着屏幕都能感受到。在一个短视频里铖铖和女儿在河边的柳树底下坐着玩，"春天来了，柳树上的嫩芽悄悄地探出头来，不禁想起了小时候常玩的一个物件——柳哨"。看这段视频时我宛如是拥抱了自己的童年。小时候爸爸妈妈也这样陪我玩过，摘下树叶吹音。看来，同是地球村人，共鸣感随处可遇。

在中国几乎全民都开始拍短视频时，铖铖和丈夫也决定加入进来。2016年他们在快手平台上注册了一个名叫"乡村土嘎哒"的账号，开始上传自己制作的视频。在村里拍短视频属于新鲜事。村里人的思想比较传统，觉得自己的儿女能在城里找个朝九晚五的工作才是好的生活，所以当时用短视频来宣传乡村和赚钱一点都不被看好，反倒被看成瞎混。当时铖铖的公公也不是很支持这个想法。坚持做到2018年年底的时候，铖铖和老公都想过放弃，做了几年的短视频，没有经济支撑，对短视频制作眼里曾有的光要消失。但是做一个系列的作品，我和他们有同感，拿得起却舍不得放下。

2019年铖铖的闺蜜推荐试一下抖音。那时候铖铖的孩子刚出生，因为出生在七月份，所以起名叫七月。新生命的到来激发了夫妻俩制作视频的动力和灵感，造就了我认识的"田野里的七月"账号扬帆起航。账号主要以女儿的名字命名，"田野"则代表养育这一家人的地方。镜头里的铖铖有了别名——七月妈妈。之前不太习惯听到这样的叫法，总觉得这样改口象征着女人生了孩子以后便没有了自己。我还没有孩子，不知道做母亲的感受。不过话说回来，不习惯归不习惯，我还蛮喜欢七月妈妈这个名字，非常有亲和力，所以我想改口，叫铖铖"七月妈妈"。

抖音上七月妈妈的每一部作品的拍摄和剪辑都很专业，我想背后必有推手和团队在支撑。但是答案让我惊喜万分，原来她的爱人热衷摄影，这些年来所有的幕后工作包括内容的设计等都是他的创作。啊，现在我明白了！难怪部部作品都透着浓浓的情意，拍的对象毕竟是自己深爱的女人和天赐给他们的女儿。我想，七月妈妈的爱人应是很懂浪漫的男人，会用视频的方式表达爱意。最初拍短视频也是他的想法。七月妈妈说到老公的优点，夸他时更是滔滔不绝乐此不疲，说在拍摄方面他很有想法，挺有才的。虽然一开始七月妈妈不是很喜欢出现在镜头面前，觉得不自在，但还是想支持老公。她觉得找别人，人家不一定会乐意，拍出的效果也不一定好。一个人在镜头前，一个人在镜头后,一块儿摸索做这件事,七月妈妈觉得夫妻就是最合适的搭档。她下决心把心里的一票投给了支持。夫妻俩开始呈现源自乡村生活的内容。克服站在镜头面前的紧张和不习惯的日子随之而来,慢慢地拍着拍着七月妈妈就放开了,不自然和不好意思的感觉无踪影了。现在拍的时候围观的人再多,她都像镜头前的专业人士,眼里只有镜头、孩子和要呈现的内容。凭以往的经验判断,七月妈妈都没想过粉丝会涨得那么快,影响力会那么大。出门都会有人找她合影,村里人也会主动向来客介绍她所做的

直播中的七月妈妈与爱人

事，连聊城市高唐县的县长都参与了"田野里的七月"的直播，一起卖家乡的好物。依我看，这是老乡们对她最直接的认可。

2020年账号的粉丝量很大，责任重了。抖音平台也不断完善，扩大功能，用户在新出的橱窗栏可以出售产品。夫妻俩决定组建小团队，和在短视频平台上认识的同心合意的伙伴们联合起来，共同经营账号。经过一个较困难的阶段后，"田野里的七月"发展到可以帮助家乡做宣传、与其他乡村连线做宣传、出售特色农产品。七月妈妈说在抖音橱窗里卖农产品不限于自己所在的乡村，自己有了能力和名气不能骄傲，更不能忘履行社会责任。出售农产品，夫妻俩先从自己家乡做尝试，随后开始带县、市、省的货，现在已经有能力为全国的农产品提供服务。哪里有好的农产品都可以与"田野里的七月"账号合作直销。在抖音平台上做水果和其他农产品出售的人还不多，她自己也担心卖食物会怎么样，毕竟众口难调，百人百味，可以保证质量，口感则是个人喜好的事。面对此事，七月妈妈团队的心态跟当时开始做视频一样——没人看也要做下去。在平台橱窗里卖的新鲜果品价格会更实惠，能省不少费用，果农不用为销路发愁。每当能帮助村民出售产品，看到有顾客下单，农产品成功到消费者手里以后，七月妈妈都觉得能坚持做到今天的地步是一件让人感到自豪的事。难，但她和丈夫都是苦中作乐主义者。制作短视频的爱好成了乡村产业振兴的积极力量。当我问爱好会不会耽误其他要干的事情时,七月妈妈说时间上没有冲突。他们家娘家有地,婆家没有地,所以人手够照顾好所拥有的地,七月妈妈与丈夫可以专注经营短视频账号。在过去一些不好的评论会影响他们的心情,但现在他们思路开阔了很多,会这样想:有不好的评论说明还有可以做得更好的空间。现在七月妈妈常与网友在评论区里互动,根据收到的反馈及时改正不足,让内容更优质。靠拍视频、直播、出售水果及其他农产品可以赚钱了,但是赚钱不是夫妻俩的最终目的。前方的路还长,一家人用勤劳在西郭村开启了新的乡村发展之旅。没有一个冬天不可逾越,没有一个春天不会到来。对于七月妈妈一家人而言,春天来得慢,不过迟来的春天让他们为它的到来做足了准备。

七月妈妈很喜欢看到西郭村一片繁忙有活力的景象,而我在她和"田野里的七月"小团队身上看到了乡村振兴的小缩影。七月妈妈说:"一路走来,我们用心做好每一件事,用心做好自己。最大的收获是既能帮助农民,又能结识很多朋友。之前一直在村里,有闭门造车的感觉,思路不如经常接触人、经常进行交流的人活跃。短视频平台让我们开阔了视野,交了不少很有才华和可以一路同行的好朋友。我希望和同做'三农'主题的用户联合起来做事。

一个人的力量是有限的,柴多火焰才高,真的很期待这一天的到来。"

七月妈妈卖挂面

种桃种李种春风的曹女

你们还记得以种植为主的叫开心农场的游戏吗?在中国读书时我迷上了这个游戏。用户扮演农场主种蔬菜水果,除除草和害虫,浇浇水,等等。这是一个社交网络游戏,玩家除了忙着管自己作物生长的过程,还可以帮助朋友的农场,但……我更喜欢夜深人静时"坏"一下,喜欢晚上"关心一下"朋友的田园,主要是看看有没有成熟的果实。有的话……顺走果实的游戏环节怎能不用一下呢?不捣乱都觉得对不起设计这个游戏环节的人。但是!我还是很有良心哒!不求多,顺走一个就可以开开心心地睡觉了。十年前我们一起在网上打造自己的开心农场,而游戏风靡时有一个人在现实生活中已经开始打造开心农场的实体版。

在短视频平台上,我看到一位女青年在果园里戴着农村遮阳帽做了她的招牌打响指动作后就开始讲述内容。貌美如花的姑娘自称是一个十年资深农场主。那么漂亮的姑娘,镜头的运用和自导自演都那么得心应手,她真懂农场那些事吗?我脑子里瞬间冒出来主持人鲁豫的经典台词——"真的吗？我不信。"嗯，我有点怀疑。评论里也有网友说种地可不是播主说的那么简单。是啊，我继续怀疑。今天，社交网络与社交媒体混为一体，也许她只是代言人，乡村生活与她无关吧？我继续看她的短视频，从置顶的第一个作品开始看。第一个作品就是她和农场结缘的开场曲。想必，像我这样不信的人不少，她干脆就让第一条短视频当作与网友初次见面的自我介绍。我开始去了解她。在短视频里她用温柔的少年音说："……被一句话刺激到了。在和老板聊现代女性的时候，他说女人啊，要什么独立，要什么能力，一辈子长得漂亮就行了。"嗯，一些现代女性的确让社会认为女生把自己打扮得漂亮，嫁得好就是她们最成功的事业。但那是部分女生自己的言行让人这么想的，不是别人随便想出来的。有一些女性听到这句话会很不高兴吧？嗯，比如说我。我说过，当一个印象战胜了其他印象，战胜的那一个就会让人以偏概全。我继续看这个作品："作为北京姑娘的我直接回怼。现在都什么时代了，长得漂亮是爹妈给的，活得漂亮才是自己的。"看得出，播主很想走进大家的心，为女性发声。我上钩了，接着看了几个作品，决定私信她，没想到很快就收到了她本人的回信。账号是她自己的，不是某公司经营的。我们加上了微信。给大家介绍一下，她就是才貌双全的种桃种李种春风的曹女。

曹女曾在北京一家一线广告公司工作，是一位典型的"996"大军一员。上学时学过服装设计、环境艺术设计，和农场都不沾边。对农村的深情厚谊来源于她的家庭。曹女的父母是传统农民，以种植蔬菜和果树为生，所生活的村庄离北京市中心不算远，就在天安门以东四十公里的西集镇沙古堆村。十年前周一到周五曹女是高跟鞋女郎和都市白领，而到了周末脱下高跟鞋到沙古堆村后她就是这片土地的女儿。光鲜的工作没让她对老家的感情淡去。曹女说城里的生活代替不了与自然共生长的感觉，只是当时逆行回乡还没有成熟的方向。在我看来，成为指路明灯的是她老家的情况。

在曹女阳光农场短视频里，你们会看到农场是一个一点都不挤的农场。曹女的爸爸妈妈是沙古堆村人，有自己的口粮田，爷爷奶奶也是本村人，也有口粮田。曹女说到这里的时候我有一些不懂了，因为没听说过农村土地还有"口粮田"一类。我以为田地就是田地，其他的我就不懂了。我想起了自己汉语不好的时候，听不懂对方说什么还是会说"嗯嗯"，不懂装懂，实在是怕显得连这个都不懂太笨了，就会用万能的"嗯嗯"不让话掉到地上。这次也一样，与曹女对话时听到了"口粮田"，我的表情显得很尴尬不自信，但还好我们通电话而不是视频连线，我的声音自然而然地补了一句"嗯嗯"，像特别懂似的。对话顺利往下进行。实际上,说"嗯嗯"时我已经开始在网上找官方的报道介绍口粮田是什么。

曹女继续介绍说当时村里的一些居民进城务工,他们的地就要荒着不种了,曹女的父母决定交地租使用土地。就在这个时候曹女开始有了想法,想实行城乡互动,发展农业和乡村观光业,带动村民们一起给想体验农趣、认识农作物或想要享受新鲜有机果蔬配送的人提供一体化的服务,和家人以及乡亲们一起致富,何乐而不为呢!曹女决定带着乡亲们一起创业。那个游戏里的开心农场就要变成现实。

曹女踏上了返乡创业的路,开始实现田园梦。最早打造的农场分为果树区、种植蔬菜区和基础的粮食作物区。一家人的工作分配是曹女的母亲负责蔬菜区,父亲负责果园,而曹女除了帮助干农活外,更多的是负责宣传、运营和销售。现在光依靠传统的农业模式没有太好的出路,有一定的种植技术之余,还需要有互联网思维。要为土地创造更多价值就需要与这个时代接轨,农业需要像曹女这样的新力量的注入。农场的地理位置很有优势,但是感兴趣的人会不会知道这个离北京市中心那么近的农场欢迎他们的到来,会不会去就完全要靠她了。

携手传统农业,"新农人"曹女把精力、智慧与经验放到了乡村,里外都有不理解的声音。曹女说当初在市里的朋友和同事会感觉她不那么洋气时髦,属于比较土的那种,因为他们中的一些人可能会花一个月的工资买一两万块钱的包,有一定的物质上的需求。但她是属于追求精神上的满足的人,在物质上的需求没那么大。当时她把赚的钱都用在改造农场、买一些花花草草等方面。在短视频里曹女也分享了亲戚朋友对她在"三农"领域创业的看法。准备就绪后开始提供菜地认养服务时,亲戚说:"谁也不会去你那里种菜,谁愿意当农民呢?"但他们错了。农场营业第一年就有十个客户来认养。不久之后,曹女在市里工作的时间从周一到周五慢慢地被调整到一、三、五去农场工作。第二年亲戚朋友又说:"人家种一年地就会烦,谁会再来你的农场呢?"结果,来的人是第一年的双倍。随后,曹女就经历了那一段在广告公司开完会后和老板发生的关于女人一辈子最佳事业是当个花瓶就行的对话。人们的价值观不断受现代社会影响,不断在变。那一段对话让曹女觉得公司的女性靠自己不行的"企业文化"不适合自己,毅然辞退了都市白领的工作,彻底投身到农业行业。

曹女的目标越来越明确:让沙古堆村能够可持续发展。过去农业以生产农产品为主,她父亲那一代是以量为主,而现在除了农业本身,曹女打算发展附加经济效益好的产业,借助城市的科技资源,从产业层面上升到教育层面。农业生产是发展根基,但不是乡村唯一可以获取效益的途径。现在不少人看到农村发展趋势的变化，认为农业休闲观光旅游是经营方向之一。要实行乡村游，乡村就要有多种不同的业态形式。现在农场的经营模式是提供种植采摘、观光、认养开心农场、配送蔬菜服务等，部分农场的空间用来为客户提供团建活动、生日会等服务。曹女尽量最大化经营好每一块土地，从各个方面增加收入。

沙古堆村是一村一品的代表之一，娇艳欲滴的大樱桃很出名。村子里大樱桃的种植面积约为 2300 亩，产量将近占北京市的一半。经营农场之余，曹女成立了有助于发展家乡产业的合作社，把整个乡村的农户聚集在一起。把农户聚集在一起，是为了与电商谈合作能够达到更好的效果。比如说，合作社可以帮助村子里的农民对外销售大樱桃。融入互联网的力量以后，东西一旦火了，销量就会迅速往上升，产量就要跟得上。合作社不仅仅负责谈合作，帮助村民增收，还会帮扶贫困农户、安排电商运营培训、教村民如何打快递的包装、介绍物流体系等。为都市人提供服务，为村民带来更美好生活的可能，曹女实现着城与乡双向相互作用。

2019 年 5 月 17 号晚上的一场冰雹打破了思维定式。冰雹下得很猛，曹女形容那场冰雹的大小时说它大如乒乓球。冰雹 plus 开始从天而降，一瞬间在微信朋友圈里被刷屏了，成了朋友圈的第一热门话题。但这个时候曹女不凑热闹发图晒冰雹,她想:今年要完了,樱桃怕是保不住了。面对冰雹的突袭,樱桃们无处可躲,那一年的产量减少了一半。曹女说:"眼睁睁地看着大半年的努力就这样泡汤了,没能打破靠天吃饭的魔咒。坦白来说,我不是第一次经历这种低落难过的时刻,一般咬咬牙就过去了,而这次,面对樱桃在即将上市前产量骤降的事实,就感觉整个人像被抽空一样,瞬间充满了无力感。"

在灾后重建的日子里,农场的朋友们第一时间的安慰和支持让她相信"生活不可能像你想象得那么好,但也不会像你想象得那么糟"。平凡无奇的日子里突如其来的想法没让她低沉太久,把她从黑暗时刻中打捞出来的是一个将乡村四合院改造成民宿的想法。民宿的名字定为"种春风",预示着要学会放下,迎难而上等春来。"冰雹劫"后,余生的樱桃熟了。"樱坚强们"成了甜甜的暖心果酱,经历过的寒冬也就过去了。

别忘了,我和曹女是在抖音上认识的。"新农人"具备的主要条件就是懂社交媒体营销。她的优势还在于曾从事过的职业上,她更懂得如何有效地把自己的宝贝呈现给大家。曹女说,农业圈里农民的综合素质偏低,从村里走出去的年轻人大学毕业后都会竭尽全力在城市扎根,从事光鲜体面的工作,返乡做农业的大学生特别少,在互联网大众媒体上如果大学生和"新农人"为乡村去发声的话,会得到更大的关注,所以 2010 年她在新浪微博开始做宣传为乡村发声时很快就被关注到了。她所做的就是针对都市人的需求传播好乡村的声音。第一个阶段是在微博上宣传农场,介绍说大家都可以拥有真实的开心农场,可以在这里认养一块菜园和几棵果树。第二个发展阶段是和微信的到来有关。曹女开始使用微信朋友圈做宣传,把同兴趣和爱好的用户聚集在一起并通过内容输出和微信群等维系用户,与用户互动。例如,现在曹女的地主群有 300 人左右。群里的"地主们"会主动在群里发送一些与农场有关的信息,如西红柿熟了,一家地主的菜老了,或告知群里的"地主们"农场附近的路交通管制了,等等。第三阶段就是短视频软件的运用。2019 年起曹女开始玩抖音,想为乡村和农场玩出一些新的可能性。她很看重这个平台,因为这是一个新的特别受欢迎的平台,也是一个很好的传播途径。在抖音里传播含"三农"主题的短视频不多,曹女加入玩抖音大部队最大的愿望当然是希望它能够给农场引流,抖音的扩散度很广,传播力很足。不过说到乡村社会的声音,曹女和我观察到的结果是一样的,抖音上有关"三农"的部分作品面对一个很重要的问题:建设好乡土文化和生态文明形象是关键点之一,尤其是每一个人决定站在镜头面前的时候。在短视频平台上从上传的第一个作品起,我们就是公众人物,更是代表自己家乡形象的人物。

在抖音上曹女也是新人，用手机自己拍，自己剪，自己写文案，和每一段短视频共成长。她会井井有条地准备几个月的拍摄文案，先策划好一个大框架，再把每一天的细节做出来。如，三月份的内容重在自我介绍，让大家了解她和她是做什么的，下一步是给大家展示四月份她在农场里会做什么。五月份春花满枝头时，短视频是针对农场里的产品的。如果明天要拍韭菜，曹女就会提前一天把短视频的脚本写好，然后当天按照脚本去拍相关的内容。每周三她还会做直播，介绍经营农场的模式和参与直播带货的扶贫项目。经营抖音号有一年多了，这个账号聚集了许多怀有田园梦的人。走着自己的路，过着自己的生活，缓步而行时，总会觉得路上的磕磕碰碰只有你一个人在经历，没人懂，但在看曹女抖音号的评论区时，我才意识到：生活在自己的躯壳里，我们无法想象世上还有多少人有同样的梦想，同样在路上为梦想奋斗着。

回首那些历历在目的开始，曹女觉得做到今天难吗？我喜欢她在自己的公众号里写的回答："自己只是一个一日三餐的普通人，没有呼风唤雨的本事，也没有未雨绸缪的先知。难不难？像买奶茶时到底选择中杯还是大杯一样难。"可谁都知道走十年的路哪儿有那么容易，这是难里透着笑意的回答，也许这个答案会给怀有同样田园梦的人一个理由：不怕难，转身返乡，去试试遇见自己的梦。

越来越多的年轻人愿意去乡村找商机,找希望,相信也有越来越多的人会发现,其实回到乡村这样的逆行也是挺帅的。

曹女

逆风的方向，再造故乡

一位在中央广播电视总台中文国际频道《远方的家》栏目工作的老朋友知道我在关注乡村发展的话题，有一次聊到乡村，她突然想起前一阵子拍过的一位返乡创业的年轻人。她让我先看一下关于他的片子，看看是否是我感兴趣的故事。好朋友果然懂我，我要了这位年轻人的联系方式。小伙子叫黄小波，1991年出生，来自安徽省安庆市宿松县北部的二郎镇界岭村。界岭村属于丘陵地带，适合种植油茶树，所以以前该地区就是以种植油茶树为主。不过由于长期以来生产油茶树不见经济效益，村民们就放弃了靠它发展的想法。种植油茶树的地荒废了，只有长出来的杂草在陪伴孤零零的荒山。2013年左右当地村民把土地流转给一家公司。荒山被承包以后又变回了原来种满了油茶树的模样，成了被统一管理的油茶树基地。村民们一举多得，土地交给基地有地租费，再在自己的土地上为基地干活比为自己干活收入要高不少。基地的成立让人感觉兴乡的曙光在不远的前方，年轻的一代也看到了返乡创业机会，这其中就有黄小波。

在城里读大学时黄小波就开始尝试自己或跟同学一起创业。他摆过地摊,做过夜宵,做过网店,卖过二手商品,也找过跟自己的专业有关的工作,但是都以失败告终。有次回家过节,他看到了别样的界岭村,亲身感受到建设美丽乡村的实践成果,听闻家乡稻虾养殖和油茶种植发展得有声有色,就有了回老家承包村里土地的想法,想试试靠这个发展。年轻人返乡创业在最初阶段总是那么相似:学的专业与农村毫无关系,但离开了家以后却发现回到乡村变成发展乡村的一员也是一条美丽人生之路。在村里长辈们不会把"大学生"与"农业"相联系,黄小波的父母也有着典型的传统农民思想,为了孩子有更好的出路,攒钱供孩子在城里读书,希望孩子学好了就不要回乡。他们一直以来都由着孩子的想法。当时他想学设计专业,爸妈也没反对。黄小波说那时设计专业算是一个很好的专业,不过在学习的过程中他发现该专业的专业性很强,需要更用功,没有长期的实践经验无法有好的发展。黄小波坦白地说那个时候自己学艺不精,年少轻狂嘛!当青春正跟随自己的脚步、浑身充满着精力时就不想生活平平淡淡。好好折腾折腾,不想让青春只剩一声叹息。黄小波多次创业多次落败,我听得内心五味杂陈,但他仍旧坚强。创业的路不是看别人受启发后 copy paste(复制、粘贴)一下对方的发展之路就能成功。如果是那么容易,你我都能成老板。自信要有,但不能盲目自信。摆正心态,再次出发。

要回乡了,黄小波的母亲说支持孩子,但是回答中有了一些顾虑。估计当时他的决定让家里人起了疑:这不白把钱花在他学习上了吗?黄小波说当时家里人并不希望他在村里发展,他只能用自己认真的态度去证明回乡发展也可以拥有美丽的人生。根据当时界岭村的情况,黄小波觉得乡村种养业的发展前景比较好,可以把精力转向乡村。在我看来,年轻人的"回归"很有价值,因为这是自愿的"回归",而当年轻人的"回归"有起色时,家人与村民的思想也会慢慢发生变化。年轻人的返乡潮使得现代农村社会的思想更年轻化。返乡青年回到故乡再造乡村,是因为看到了在乡村也能实现自我价值。对于建设小康社会之路而言,返乡青年是乡村与小康、现代、先进、文明、繁荣的重要连接点。

家乡的油茶树基地的案例影响了黄小波。为了尝试让家乡的荒山成为金山银山,让家乡村民的腰包鼓起来,他决定承包一百多亩的土地并带着贫困户一起为界岭村的振兴出力。承包的土地年限为三十年,资金来源于他贷的款。黄小波说:"怕亏本,但是不能因为怕就不去做。年轻人就应该为自己的想法去拼搏才行。"通过朋友介绍和向各单位咨询,他了解到国家政策扶持的消息,适合他的优惠政策有大学生回乡创业的无息贷款、林业方面的种植补助和特色种植养殖扶贫基地建设的财政资金项目的支持。他得到了种植补贴,补助资金为八百元一亩,还有村里支持的建设垂钓中心的投资。在回乡创业路上最难熬的就是第一阶段,尤其是如果你选择了种植油茶树,这个阶段可以叫作度日如年。想要油茶树结果子,就先要耐心等待三到五年的时间。这样的日子不好过,要不断投入资金进行管理、付人工费等。这个时候更不能闲着,要提前开始找销路。合作商是黄小波自己去找去谈的,也有好友介绍的。有了第一批客源以后,生意往来中就能认识新客户。等待油茶树开花结果时,黄小波看准了人们对原生态食物的推崇,用油茶林做起了生态养殖。主营的商品是绿色食品,家禽、蛋类、家畜生肉、野生水产品以及本地土特产,主要出售给周边的农产品批发零售市场、来乡村旅游的游客,电商也有一些,但销量不大。黄小波也慢慢地开始开发乡村旅游,寻找提供优质货源的农户,帮助他们谈合作。在创业的路上他没有忘记贫困乡亲,带动了本村六家贫困户合伙发展。界岭村属于贫困村,人口近五千多人,其中贫困户有三百多户,一千人左右。在家的有劳动能力的贫困户比较多,返乡创业解决了部分贫困户就业问题。黄小波说中国政策有针对贫困户的小额信用贷款，五万元可以用于企业的合伙发展，三年为期。企业每年给贫困户三千元的分红，到期还款由企业负责。另外，贫困户自家有的农产品也可由企业收购或代销。从他的介绍中我看得出来，坚持返乡创业的黄小波已经不像读大学时的他，也不像《远方的家》镜头里的他。他知道了，学习才有甜头。父母眼里的小波长大了，懂事了，出息了。

时至2018年，黄小波在四年的创业时间里投了三四十万元。2018年左右"慢热"的果子不负所望，开始给黄小波带来收益，产量还没能让黄小波还上贷款的全额。一亩油茶树大概能给黄小波带来五六千斤的果子，这相当于一万块钱左右。黄小波预测，顺利的话2021年的时候贷款就可以还清了。如果此前还有人对他返乡发展质疑，现在质疑不仅打消了，黄小波身边的村民和亲戚都想试试用同样的模式发展。他不怕竞争来袭，他更喜欢看到村民们互为榜样，一起点亮界岭村的未来。亲戚开始小规模尝试。黄小波给亲戚提供技术、鸡苗等，对方自己负责养殖。受了油茶树基地影响的他现如今也影响着身边的人。中国不断采取有效的措施来振兴农村，吸引人们发现下乡也能有好生活好发展。这几年新政策与媒体的宣传工作助力优秀人才发展农村，农村的生活条件越来越好，人民的幸福感也越来越高。商家与游客络绎不绝,乡村的发展持续升温。这对于全中国来说是一件大喜事。

我的媒介老朋友和一档节目让我认识了黄小波,所以我也想知道他和村里人有没有借助媒体的力量来发展。他说自己不靠短视频和直播做宣传,但会与网络主播合作,主播们主要介绍养殖环境和绿色无公害的养殖方式。他慢慢在找适合自己发展的方式,觉得主播们的传播作为辅助宣传方式有一定成效,线上的销售量也有显著增加。他自己偶尔也会看网上关于乡村的短视频,认为新型的传播形式能正确宣扬乡村社会的美好一面。他还说:"现在早已是互联网时代,每天接触到短视频的人不计其数,通过短视频来介绍乡村或出售产品,肯定能够让更多的人了解,从而增强宣传效果,使更多的人接受乡村农产品,也使广大老百姓得到实实在在的好处。"

黄小波自己还没有做过短视频,但是在考虑做起来。他经常通过短视频软件购买自己需要的生活物资,知道软件自带的主播带货橱窗是一个方便快捷的购物平台,同时也能直观地展示产品的优点。他觉得这样的宣传和购买方式很适合现代人的购物理念,对于推广产品是百利无一害的,肯定能使自己的事业得到更好的发展。

"以我所在的村而言,路通了,集中建设的新民居有了,人居环境变好了,村里的亮化工程也在逐步实施中,各种农业企业也愿意来我们村发展了,更多的村民也愿意在家乡务工了。以我而言,我也从中得到了实实在在的好处,来乡村旅游、垂钓、采摘的游客越来越多,农产品销路也广了,慕名而来购买土特产的散客明显增加了。乡村振兴战略对于我国来说意义重大,因为我国农村人口多,地域广,资源丰富,但是由于之前条件不足,发展太慢,使得这些有利的条件一直没有得到有效的发挥,而且国家实施乡村振兴战略并不是局限于某一方面,而是考虑到了乡村的经济、文化等方面的统筹发展。现在有了乡村振兴战略,可以充分地发掘农村的资源和潜力,从而全面建成小康社会,使得广大农民过上幸福的生活。这个目标是宏伟的,需要我们一代代人去发挥自己的光和热,通过不懈的努力去实现。"黄小波说。

返乡创业、做短视频带动乡村发展……路路难行。难在路路都要等待被接纳、被理解的时刻。如果你的选择是别人眼中的逆风方向,就好好努力让此方向变成你人生中最美的那一个。还是想用我的招牌方式——以歌词表达自我的形式对美丽的逆行者说几句话,想把歌曲《倔强》中的关键的几句送给每一位决定以乡村更好的明天为梦的人:

> 逆风的方向
> 更适合飞翔
> 我不怕千万人阻挡
> 只怕自己投降

心系乡村就别躲藏,适合自己的就别让别人的阻挡成为你怕的理由。别怕被阻挡,别让梦想替你感到遗憾。相信因为有你们的倔强,全面建成小康社会的路会越走越宽广。

乡村的明天　未来可期

喜欢乡村,喜欢它的自然风景与散漫的生活。关注与真正接触中国乡村发展的问题是近几年的事。时间短了些,但所看到的、所接触到的告诉我,中国乡村发展有着千变万化的姿态,有着多种多样的色彩,代表着奔小康的向往。

学汉语满三年的时候我彻底入迷了,想找更多说中文的机会。十几年前在拉脱维亚很少能看到中国面孔,除了与教课的中国老师可以练练口语,还有在市中心的中国餐馆能试着与服务生用中文进行日常交流外,说汉语的机会很少。那时还没有汉语角活动,孔子学院也还没成立。对学中文的人来讲,语言环境不太理想,中文资料也很少。读本科期间我常在学校的图书馆寻找用中文写的书,也找过一些关于中国的报道。2008年我开始勤工俭学。下课后要去打工,常规安排是在一家顺路的小卖部兼报刊亭买一杯咖啡配小三明治。点东西的时候我还会快速扫一下放在架子上的杂志和报纸的封面,看看有没有关于中国的新闻。那一年关于中国的报道还真不少,还差几个月第29届夏季奥运会的圣火就会在北京点燃……有一天同样的路线有了不一样的色彩。在报刊亭里我看到了俄语版的《国家地理》杂志(*National Geographic*)的封面。杂志代表性的黄框封面看起来很"中国",红色的背景和该刊的黄色大标题"Китай"(中国)仿佛是五星红旗的象征。正中间的位置有一条气势奔放的龙。在巨龙脚底下的标题还有一句话,翻译成中文的话可以借用《沁园春·国庆》(郭海亮版)里的"新中国,如世界巨龙"这句词。我毫不犹豫地买下了它,拿着杂志、三明治和咖啡火速跑到单位,想争取上班前的几分钟时间来看看里面的内容。时间有限,只够欣赏图片。文案的部分介绍传统而又现代的北京,图片向读者展示了代表老北京的小胡同,代表新北京的国家大剧院、几年过后我将成为常客的中央广播电视总台的新台,还有新地标性建筑——未建完的北京夏季奥运会开幕式和部分比赛活动的家——鸟巢。读大学时视觉效果好的杂志通常会更吸引我,随着年龄和阅历的增长关注点变了,不在漂亮的图片上了。虽然我很多年都不和父母同居,但妈妈收拾我房间时仍舍不得扔掉与我的童年和青少年时代有关的物品。这本2008年买的《国家地理》杂志也一直放在我电脑桌抽屉里没动。十几年了,再次翻开,注意到了之前没有留意到的图和文字。两张A4纸大小的图上是安徽某学院的大厨们在上烹饪课。右下角的文案介绍说中国高档餐饮在崛起,在北京与上海工作的厨师长的收入不比欧洲同行的收入低。再往下翻,是云南省与青山相依的小村落,孩子们在土路上各玩各的,身着民族服饰的女生看着正在拍照的摄像老师。右下角的文案写着:"小村落还是那个小村落,云南省的城市经济社会发展还没有触碰到这里。"我很惊讶自己之前怎么没看到这些。作者用图与读者说话,有一张是某农村学校里孩子们在学写汉字的画面。短文报道说中国政府高度重视农村小孩的教育问题,在改进政策让农村孩子的教育能够跟得上市里的水平。杂志还报道说自1978年起中国城市与乡村发展的速度开始有大变化,居民收入水平也拉开了更大的距离,一个像是按下了快速键,一个则像是按下了慢速键。

  2012年拍央视中文国际频道《快乐汉语》节目时我去

了生活就好像按下慢速键一样的保留着最原始风貌的小乡村——马蚌乡的那岩古寨。位于广西西林县西部深山之中的古寨不是不想活得更好，是种种因素导致发展的速度只能是"慢跑"，而不是"奔跑"。我们摄制组从北京飞到昆明，再从昆明坐了六个小时的车。时间很长，要走山路。当天晚上到了广西西林县后，团队沟通完第二天的拍摄计划就睡觉了。

第二天一早出发。在路上接待方说前几天连续下了几场大雨，通往古老的壮族村落泥泞的山路很不好走。一路弥漫的大雾给即将开始的古寨之旅平添了几分神秘，拍完在路上的几组镜头以后，我们快要到那岩古寨了。这时候刚刚到中午，山上的云雾开始渐渐散开，露出了古寨风貌。这是一个有一百多户壮族人家的寨子，当地村民用拦门酒风俗为我们接风洗尘，随后迎我们进入神秘又古朴的那岩古寨。寨子里的房屋建筑造型特别有味道。干栏式木楼建筑群像是穿上了小"高跟鞋"，又像是超短款的吊脚楼。这是壮族传统民居形式，依山势而建，底部用木桩撑起，具有通风防潮、冬暖夏凉的优点。那岩古寨的建筑群更神奇的特点是建得像一座座山似的，彼此离得特别近。当地人说传统的生活方式延续至今，所以他们至今没有丢失家家相通户户相连、可以随便串门的习惯。很多家连门都没有。带我们去串门的大姐姓岑。她说那岩古寨是一个同姓村寨,都姓岑。同姓村寨在中国南方很常见。

  我们在西林县深山里的那岩古寨拍了一整天。寨子里的生活很安静,以干农活为主。藏在山里的世外桃源,让人回味起乡愁。几年过后,开始关注乡村发展的话题后我的思维变了。现在我认为美丽乡村"藏"得太深会制约发展。从这个角度来看,深山里的世外桃源也是深山里的"小倔强",生存着,有着更强烈的开拓致富空间的愿望。中国的大城市已有不少新颖的建筑形体,不少外籍建筑设计师在这里实现了最大胆的建筑梦。一座座城市开启了新的故事,然而还有很多人居住在荒漠化和高寒地区,期待改变落后的面貌。中国推进城乡一体化发展注定是一个漫长的过程。让城乡界限变得模糊,实施美丽乡村的建设,对于遗落在山的角落里交通不畅的村寨而言是更需要耐心的。

  从最早解决温饱问题,到基本实现小康,再到全面建成小康,中国一步一步跨上了新的台阶。"全面"与"精准"是建成小康社会的核心,最不能忽略的是农村。在我看来,此发展步伐可视为中国的新时代——小康时代。

新时代——小康时代

面向新时代,不同的乡村根据本身的优势把其作用发挥到最佳,努力让乡村不只有外在美,更有内在美。2018年10月份我到江苏省睢宁县主持活动。每一次收到主持稿时我都害怕打开它,害怕看到不太擅长的内容和难背的词,为了站在台上时能够流畅地清楚地介绍与主题有关的内容,要在短短的时间内浏览大量的信息、掌握相关的知识。主持工作的特性是重复性很低,顶多就是开场和结尾相同——"尊敬的各位来宾,大家晚上好"和"朋友们,再见"。这个行业可真没办法吃老本,要不断地更新不同领域的知识,跟进新闻和了解最流行的东西。我目不转睛地看了几分钟收到的文件,终于准备好了点开它。打开后我的脸色还是变了,有点懵。这次是要走进"一个被互联网改变的村庄",由四位主持人主持本次晚会,这说明活动很大,可更让我心不安的是本次活动的主题。我的开场词是"大家好,我是主持人安泽。在此欢腾喜庆的日子里,聚四海宾朋,畅叙情谊,共谋壮阔未来。通过举办本次晚会,展示睢宁发展的新成就,让城乡百姓真切地感受到睢宁的发展,体会电商新模式、乡村振兴新面貌、精准扶贫新局面"。我第一次看到了"乡村振兴"这个词,没太看懂。按理说,准备时间有限的话我可以选择硬背,不去刻意深入研究这是什么意思。四个字而已,一带而过,能说出来就可以。我开始往下看主持稿的串词:"近年来全国涌现出了大量的'淘宝村',在促进农村发展、提升农民收入水平、带动返乡创业就业等方面作用凸显,淘宝村正成为中国'电商兴农'和乡村振兴的先行者。人才返回农村,借助淘宝等互联网平台,跟一线城市最先进的技术、商业模式和人才连接着。淘宝村贡献的中国经验是:草根创业、平台赋能和政府有为相结合。"即将举行的活动是第六届中国淘宝村高峰论坛的组成部分之一——淘宝村英雄晚会,专门让大家认识为这里农村的发展做出贡献的人,介绍他们所做过的事。

睢宁县很早就开始依靠电商推进乡村振兴。农村电商是这里的重头戏,形成了一个新的发展模式。传统农业要融合电商,让农民卖的农产品进入网络交易平台。活动的名字之所以有"淘宝"俩字,是因为现在睢宁县用这样的模式发展的农村都有别名,叫作"淘宝村"。

看得出来,这不是娱乐性的晚会,是介绍几年来努力换来的成就和新战略的晚会。这样的主题,主持方面可不能马虎,必须言之有物、言之有理才行。当时,怕碰"乡村振兴"不只是因为不完全了解它的意思,同时也是因为这个组合的发音实在是太不好驾驭了。"乡村"与"振兴",把这两个词分开来说就没那么难了,可一旦两个词结合在一起就不好办了。"村""振""兴",组合起来就是不少外国人的痛处。这个组合类似于一个前后鼻音的练习题。"乡"字相对来说比较容易搞定。"村"的字音也不难,可是如果后面是"振"字就难了。说汉语时发音部位本来与说母语很不一样,而在这个时候发音部位就更不听话,要控制好才能发出标准的音。就算解决了这个问题,后面还有最后一个字像发音游戏的大 boss 等着你呢。"兴"与前两个字的区别在于字音是后鼻音。前后鼻音相互交替的词特别容易被外国人说成都是前鼻音或者完全"吃掉"这个词(快速说完它,让人听不出说的是什么)。这次情况不一样。这个词十分重要,是晚会的关键词,不能有任何差错,于是我每隔一段时间会反复地用不同的语速大声说"乡——村——振——兴",以便保证到时候不出错误。

  台上经常会有一些临时的变化,需要具备灵活的应变能力。我开始想:万一台上有突发状况需要围绕主题临场发挥怎么办?这次合作的主持人都是第一次合作,之前不认识,万一新搭档在关键时刻不帮我,自己管自己的,我因对主题不熟在台上接不上话显得尴尬怎么办?我明白,练好了说词算是"躲过了初一",但一旦有临时的状况,我不好好了解主题可能会显得十分不专业,就可能"躲不过十五"。离活动开始还有不到两天的时间,我取消了所有其他的安排,睡觉的时间也控制为四五个小时,都是为了认真地看完每一位主持人的词和做这个主题的功课。

本次晚会设计了一些互动环节,请到了睢宁县淘宝村的"英雄们"分享他们的创业过程。在后台对稿子的时候我认识了我将在台上负责互动的团队之一——打造睢宁本土电商平台的团队。他们以产品技术为核心,帮助村民管理并服务客户,帮助获得订单实现交易。沟通细节的时候我好奇地问为什么会做一个服务于农村贫困户的平台。对方分享自己的观点说,乡村振兴战略不光是国家的任务,也是社会的责任。团队打造的平台与政府联动,推动贫困户在平台上开店,一手抓农产品的县域供应链,一手抓城市消费的流量平台,最大力度地协助农产品上行。当时,三个月的运营实现了几千个当地人在线开店,带动了全县人在这个平台创业就业。团队希望平台至少能帮助当地一万多名贫困户稳定增收。

睢宁县的活动是我工作中的节点,使我决定不再逃避乡村振兴这个话题。我知道我还会再次遇上它,所以第一步是要从陌生的"乡村振兴"入手。日常生活中我很少会接触"振兴"这个词,只明白是褒义词。但它指的是什么?我开始研究词义。"振"是奋起、奋发的意思。"奋"强调力度大。"兴"同样也是发动的意思,还有兴盛的含义。那么这样我把"振兴"理解为一个大规模的将给某事带来好转的行动,让某事或某地"复苏"。既然"振兴"前写的是"乡村",那么此计划是针对中国农村的。这算是了解了一个大概,不过整体的概念还是非常模糊。2018年起这个词开始一再出现在我的各种主持稿里,迎难而上吧!乡村振兴,你到底是谁?

发展的风向标

我向几位在中央广播电视总台农业农村频道工作的朋友请教了一下,听完他们的分享我才知道,原来,"乡村振兴"这四个字背负着一个国家的农民对乡村美好生活向往的重担。

2017年习近平主席首次提出实施乡村振兴战略。中国是农业大国,虽然多年以来中国人口城镇化进程加快了不少,但农村人口仍然很多。去过中国农村的朋友都知道,迄今为止,与城市相比,农村的贫困现象仍比较突出。这就是乡村振兴战略会出现的原因:有针对性地指明加快农业农村现代化的方向,解决城乡发展不平衡问题,实现村民与城里人共同富裕的目标,让村民走上致富道路。2018年中国乡村振兴战略规划到了实施阶段,2018年至2022年是实施此规划的第一个五年,也是极为关键的五年。

新农村建设工作的总抓手是"产业兴旺、生态宜居、乡风文明、治理有效、生活富裕"。这几年来双引号里的话常常出现在中国人的生活中,这次我收到主持稿的内容也不例外。

2019年,云淡风轻,秋色已入我们的心怀。又是一个晚上在家里收拾箱子的日子,准备出差。室友看到我忙着收拾东西就问我这次要去哪里。

"先要飞到珠海,然后再坐车到江门市新会区。"

"啊,新会!那边的陈皮很有名!"

室友说完这一句我就惊了,我去新会就是主持第五届中国新会陈皮文化节。要不是这次的活动,我根本就不会知道橘子不光果肉好吃,它的皮也不能忽视的,那居然是中药材!就是我吃橘子随手扔的橘子皮是中药材!我吃惊的原因是这么远的较小的地方,产一个小小的陈皮,我室友怎么这么激动,为什么会知道陈皮的存在?而且,不是别的地方的陈皮,是新会陈皮,莫非新会陈皮很有名?

"新会之所以出名,是因为那里生产的陈皮造就了它不同寻常的价值。中国人都知道新会陈皮。"

"我在网上看了有介绍说一两陈皮一两金,它有那么珍贵吗?"我问。

"得看质量和存放的时间。跟红酒一样,存放的时间越长,它越有价值。"

室友说年轻人知道新会陈皮,但是自己用中草药的比较少,长辈们为多。她知道蜜饯类的陈皮可以放在嘴里嚼,生津解渴。喝茶,尤其是喝普洱茶时也可以放点陈皮,暖胃润燥。用陈皮做炒菜的调料也较常见，因为陈皮促消化，爷爷奶奶辈的人喜欢炖肉时放一点。

　　这时我想起来了，还没来中国时我算是接触过陈皮。我第一次打工是在里加市电影院的咖啡厅，做咖啡、茶和鸡尾酒。学调酒时经常会用到利口酒（liqueur）triple sec，直译是"三重蒸馏"，是制作过程的"简介"。人们平时叫它白橙皮利口酒或橙味利口酒。虽然名称里用的是"橙"字，但实际上它主要成分是普通级别的陈皮。看来，相隔六千多公里的我们用同样的原料，但在不同的环境下其用途完全不同。

　　我与中国朋友聊天的时候会注意对方的发音，从中学习。我注意到室友说陈皮的"陈"时是前鼻音，而我最开始一直说cheng，后鼻音，以为这个中药材是橙子的皮，应该说"橙"皮。但是聊了好几次我还是感觉不对劲，室友一直在说chen，稿子里用的词也是"陈"，不是"橙"。又是一个谜。我猜不出来为什么是"陈"而不是"橙"或是橘子的"橘"。我继续问室友，确认这个词的读音是什么和用这个字的原因。

　　"你的稿子写得没错，是陈皮。'陈'字指的是主要制作过程。橘子皮经过太阳晒制要存放三年以上的时间才可以用来做中药，这个过程叫自然陈化，所以加工后的橘子皮就叫陈皮，陈化的皮。"

室友的"科普课堂"结束了,收拾完行李箱以后我在网上看了一些相关的资料。关于陈皮,明代医学家李时珍在《本草纲目》中写道:"其治百病,总是取其理气燥湿之功。"看了这一句我想到了现代女性喜欢的包包。陈皮和包包有共同点嘛,现在人常说"包治百病"嘛!当然,一个是治心情的,一个是科学地治体内的病。我再次顺了一下稿子,打印了一些补充资料备用。时间不早了,准备入睡,在梦中想象与新会陈皮见面的场面。

闹铃温柔安心的音乐叫醒了我,准备出发去北京国际机场T3航站楼。2019年11月7日那天的天气格外好,阳光烂漫。我莫名地开心,不想忽略秋天的灵动与色彩,请出租车司机开一点窗户,让暖风吹进来。那天感觉天空的颜色更鲜明而空气的味道是甜的。别别别!别想歪了,我没有谈恋爱,也没人向我表白,是那天的秋日自己想当一天的暖男吧。11月份从北京飞中国南方的城市时我总会犹豫穿什么好。这是一个跨季节的飞行。珠海的地面温度在零上18度左右,早晚的温差比较大,而这个时候北京已经不那么暖和。我选择穿一个厚一点的羽绒服,里面穿运动款的薄外套和短袖,落地珠海以后只需要收好羽绒服就可以忙起来了。

飞机准点落地,晚上六点抵达珠海。下飞机,上车,开一个半小时就能到目的地——江门市新会区。在酒店办完入住后，我在房间里看到了主办方留下的小心意，是陈皮最新的产品和介绍陈皮的资料，让主持人认识产品，了解产品。在同仁堂店里药材基本都是散装的，要根据开的药方配药材。这次新会陈皮是"主打歌"，所以我看到了它自己的包装。盒子的左上角上是用拼音写的 Chenpi，字体不是很正式的那种，萌萌的，微胖可爱。开头字母 C 很有设计感，颜色和形状模仿着橘子的绿叶。Chenpi 上面还有橘色与棕色的两片叶子，加上第一个绿叶形状的字母 C，它们一起代表着陈皮的制作过程：果皮从橘色到深棕色的陈化过程。陈皮的一面是深棕色甚至可以说是黑色的，反面是浅棕色的，大小大概是手掌的一半。我想烧开水，用酒店的茶叶泡陈皮尝尝。冲泡前陈皮的味道闻起来有一点点发苦，有点涩。礼品袋里还放着一本我们活动中要介绍的书——中国第一本新会陈皮专著《新会陈皮的研究与应用》，全面介绍新会陈皮的道地性、研究成果与应用领域。水烧开了，我边尝着红茶泡陈皮边看这本书。陈皮泡茶时不需要放太多，干陈皮泡开后会释放浓郁的味道，描述它的口感最为恰当的词语是"苦尽甘来"。

　　陈皮，看起来不起眼。怎么看都无法想象果皮可以变成产业，更没想到晒干的果皮能成为一个地方的产业名片、文化名片和乡村振兴富农惠农的重要抓手。2018 年在中国品牌价值中，"新会陈皮"品牌位列全国地理标志产品第四十一位,价值八十多亿元。现代科技为陈皮产品的发展插上了翅膀,让它更便捷地走进大家的生活中,如现在有方便随身携带的陈皮含片与泡片等产品。我看了一下时间,凌晨两点多,现在才感觉心里有底,能上台顺利主持完活动。要入睡了,我想起曾经去过的乡村和它们的故事,我越来越清楚地看到乡村发展的主流趋势。

一花独放不是春

早上九点多活动就要开始了。我很期待再次与我的老朋友兼榜样、最佳男搭档之一、央视主持人刘栋栋同台。2013年我们第一次一起主持活动。许多认识他的同行很敬佩他,夸赞他超群的记忆力。上台前看出席活动的嘉宾名单,不到半个小时,在台上的他可以完全不看手卡,一个字不差地介绍完名单里的所有到场嘉宾,二十位到三十位都不成问题。栋栋常会和我说看主持人就得看他的业务能力。稳健、欢乐、超有感染力是栋栋的台风,而无敌的记忆力这一项技能绝对是他业务能力中的一个亮点。许多年前要是没有他的推荐,我可能不会有那么多机会深入乡村。栋栋的职业生涯中的关键词就是"中国乡村"。2007年起他跟随中央广播电视台农业节目《致富经》前往农村,做节目主持人。从2017年开始,担子重了些,他同时担任栏目的制片人。13年的时间,他从未换过工作、换过栏目,从一而终扎根农业农村,走过全国400多个县市,飞行历程近150万公里,用镜头和笔触记录了中国特别是中国共产党十八大以后的乡村变化,对中国乡村有感触,有感情。

当我问他这么些年哪一个乡村、村民或与乡村有关的事件让他记忆深刻时,搭档说印象最深刻的不是在节目里遇到的人,而是他家的农村亲戚陈小亮。陈小亮,37岁,十年前从黑龙江省齐齐哈尔市拜泉县农村来到城市,先后在天津市、河北三河市燕郊镇打工,做装修。几年间靠着朴实的农民性格和肯吃苦能耐劳的韧劲,陈小亮逐渐被同行和客户认可。如今,他在燕郊买了商品房和一辆国产车,父母和孩子也都在燕郊定居。栋栋说,其实,这也是一个普通中国农民的"中国梦"。陈小亮和子女已经完全适应了城市生活,但老人依然会念叨:过几年还是要回到农村养老。现在从农村出来的年轻人对土地的感情没那么深了,但老辈人故土难离,忘不了根。他们家里的土地流转出去,产生一部分经济效益,陈小亮在城里打工,既依靠土地又脱离土地,这是中国实现乡村振兴的有利途径。

每当我与栋栋同台主持活动,我都会时时刻刻向他学习如何成为一名优秀主持人。不知不觉,我也慢慢地通过主持与乡村有关的活动对中国乡村一往情深。我开始希望像搭档那样能够记录和见证乡村步步攀升的脚印。

参加陈皮文化节活动的人比较多,活动现场位于陈皮现代农业产业园广场。为了安全起见,送主持人的车要绕行,从产业园的后门到台侧。绕行的路比较长,让我感受到了产业园有多大。如今,广东"三宝"之一陈皮的发展有了直观的变化。产业园的发展方向以哪里弱补哪里为主,帮助果农解决常会遇上的鲜果滞销问题。

大部分中国乡村的主流发展趋势是提炼出有产地优势可以成为地方名片的产品。这是农产品品牌化的发展道路,是从散装型到凝聚力量、激活乡村生产力的发展道路。品牌化讲究地域文化资源的挖掘、开发与传承,最终要达到提这个地方就不由自主地会联想到这个地方特产的效果。这是打造农产品品牌的过程所追求的。的确,已经有不少这样的例子,如说广西柳州时不得不提起螺蛳粉,说四川郫县(今郫都区)非提到豆瓣酱不可,说到新会自然就会想到陈皮。有了这样的联想,说明品牌化的计划成功了。

2018年我第一次担任美丽乡村博鳌国际峰会系列活动的主持人。到了繁华的小镇后,难以想象举办地曾经是中国海南岛琼海市一个寂寂无闻的小渔村。经过传奇变迁,它渐渐地进入大家的视野。如今,这里是海内外知名的"会议城"、著名的博鳌亚洲论坛的举办之地和绿意盎然的旅游胜地。2017年起博鳌小镇成了共话乡村发展未来的地方。峰会系列活动中有中国乡村及其农产品品牌推介环节。

峰会的舞台上响起一首广西民歌《山歌好比春江水》,便是到了广西柳州推介的时间了。吃货界的朋友都知道广西柳州最有名的米粉类商品是螺蛳粉。一碗小米粉现在发展成地方特色经济的大产业。2015年广西一家食品有限公司开始经营袋装螺蛳粉。它携手互联网,没有一家线下实体店,全靠网络销售,品牌在几年间走出广西,走向了全国。不敢说它是螺蛳粉行业的霸主,但是销量与知名度的确很高。柳州螺蛳粉,螺蛳粉柳州,两者已经融合为一体了。这就是品牌化思维的要务和最佳效果。随着螺蛳粉与柳州知名度的提升,当地其他产品也开始受益。

  穿着民族服的小伙子韦定波走上舞台开始歌颂走红的柳州市融安县的小宝贝——果皮细滑、甜脆可口的金橘。能看出"金橘哥"韦定波很少上台,讲话时声音颤抖,但颤抖中能听出这是真诚与淳朴的声音,想分享金橘的故事,吸引聆听的人合作,支持柳州乡镇的发展。

  融安县地处广西北部,是金橘主要产地之一,有"中国金橘之乡"的美誉。如果融安金橘会说话,那么它一定会说:"我也是个有证的水果啊!"因为它"持有"国家绿色食品A级产品认证。近几年,融安金橘种植面积达到十四多万亩,产值达十三多亿元。融安县创建了广西三星级小村之恋·融安金橘现代农业核心示范区,充分发挥产业科技的力量,结合生态宜居乡村建设,致力打造集产业、科技、文化、旅游和新农村建设于一体的现代特色农业示范区。产业实现了近三万贫困人口脱贫,也带动了五万多人就业创业。美丽乡村的建设改善了当地金橘产业生产的环境,从数量转向质量,精细化、精品化、硬件与软件的提升不仅开拓了市场,满足了外地客商和消费者的需求,也促进了农民进一步增收致富。

倾听乡村之声,畅谈乡村之变。一天的推介会结束了,我更清楚了:单丝不成线,独木不成林。品牌先行。

其实,在实施乡村振兴战略前中国农业早就有了品牌化发展的概念,而网络的兴起、消费者对农产品质量与档次要求的提高以及对绿色、有机、无公害食品的重视等因素强化了品牌化的需求。

农村互联网普及速度慢于城市。在乡村生活一辈子的人不怎么接触电脑,需要更长的时间来学会与网络做朋友。农村非网民转化难度大。有一年我的好朋友请我主持他在老家举办的婚礼。他是一位东北小伙子,老家在黑龙江省大庆市附近的农村,自己在吉林省的省会长春市工作多年。在举办婚礼的前一天我到了他的老家,一个典型的东北农村带院子的建筑,房后有羊圈。他家靠养羊和干农活为生。室内装修很简单,白色的墙,地面铺的都是地砖,好打扫不怕火。房屋的一侧有木柜和东北农村平房都有的大大的暖炕。炕与厨房做饭的灶台是连着的,烧柴的热量会让房屋的炕变热。炕是东北农村家里的"暖气片"。在上面放木桌时它便是聚餐的地方,而晚上睡觉时炕就是大床。我观察到他的家人抽空就会问他手机里的一些功能怎么用,怎么样视频连线、开摄像头、看东西等。在我们看来简单的操作,对于在村里生活一辈子的人来说,还是得有人来教,要费力地学几回,他们才能记住怎么操作,不常用的话还是会忘记的。去超市帮忙买东西时我发现小卖部的老板——农村爷爷用电脑只是用它的计算器,其他的就不太会用了。在市里人们已经开始淡忘纸质人民币长相,几乎全靠扫二维码进行支付,村里人还是使用着传统的支付方式。互联网与"扫二维码支付"时代降临时,农贸市场也没有一下子把电子商务信息系统建立起来,供求信息的工作依旧依靠打听。我朋友的家人也是这样进行交易的,不依靠互联网,与外界市场的联系较少。这很让人惋惜,也觉得农产品+互联网有很长的路要走。

不难看出,实现真正意义上的凝聚集体力量、共绘乡村未来的蓝图是一个庞大而艰难的工程。农产品品牌化+互联网有很长的路要走,须久久为功。别忘了,"梦想要有,万一实现了呢?"对不对?来日方长,如果过去乡村发展与这个时代交手的声音还是有一些稚嫩,那么现在的声音则越来越激越悠扬。乡村的发展走在对的路上,一花独放不是春的路上。

乡村的柴米油盐成了诗

2015年我在拉脱维亚交的第一个中国朋友的侄女大学毕业,她上大学时学的专业与乡村无关。她说,中国大学生毕业后在城市就业压力大,所以当时她选择基层工作主要是为了解决就业问题。中国鼓励年轻大学生到基层工作,建设新农村。为此,中国政府出台了很多政策,其中就有大学生到农村基层从事支农、支教、支医及扶贫工作的"三支一扶"政策,还有培养新农村建设骨干人才的"大学生村官"人才政策。就这样,我朋友的侄女与乡村结缘,通过考试成了一名乡镇基层干部,被安排到浙江省丽水市青田县阜山乡政府,主要负责乡团委、旅游、统战、农技、驻村等工作。那里充满脉脉温情的大自然使她更快地度过了到乡村之后略微不适应的时间段,她开始跟我谈起走向青田县最大的高山盆地、走向绿色田野后,作为农村基层工作者的心得体会。

阜山乡是典型的农业乡镇,以"华侨之乡、名人之乡、文化之乡"而著称,地理环境优越,四周群山环绕,空气清新,生态环境保护得非常好。这是一个可以寻得内心平静的地方。乡镇主要收入来源于农业、侨汇和旅游。她每天的工作是帮助群众办理业务、走村入户等,服务对象就是乡村的居民。工作时间和在市里办公的时间一样——周一到周五,但在这里周末需要值班。单位有自己的食堂,一日三餐都在食堂吃。厨师是本地人,所以吃的东西都是用本地菜做的。姑娘还表扬了用大灶台蒸出来的香香的米饭,说这是乡村专属的滋味。她白天下村走访,统计每个家庭的基本情况;晚上写材料、记录工作内容和向上级部门上报群众情况。

根据她的观察,新型农业经营主体如农业合作社、家庭农场等快速崛起。下基层期间她结识了一位农场的主人,叫严特波。这位年轻人热情好客,有两个可爱的女儿。成为朋友后,她知道了严特波的大农场梦。家庭农场在这个乡村是一种很常见的经营农业的模式,它通常以一个家庭为核心,自己生产并自己经营。严特波是村里出色的年轻人,在丽水市农校毕业后就回到了老家创办家庭农场。创业初期投进去的血本成了"学费"。失败没使他绝望。碰钉子了,更不想放下,更想知道是什么钉子阻碍了他把农业做大做强的梦。他经得起失败,继续试验与研究。凭借学习到的专业知识,他在农场里种植了各种各样的水果、农作物,养殖了很多小动物,建设了配套的基础设施,也带动了休闲观光旅游农业的发展。严特波家庭农场是不折不扣的乡镇示范农场。他分享自己一路走过来的经验时强调了一点：要农业发展好，需要提高综合竞争力，发展智慧农业。

言谈间，朋友的侄女说近几年农村网民数量有上升之势，经过发展和建设，乡村基础设施基本完善，乡镇农村家庭有网成了一件很普遍的事。除了一些年纪大的老人，其他农村成年人几乎都会使用网络，以日常交流与娱乐类应用为重点。村民主要是用来微信聊天、查看新闻等。相对来说，商务类应用如智能办公管理、借助互联网做生意的很少。单户农民的种植物、养殖物都有相对固定的销售渠道，大多数是收购商上门购买。结算方式主要为现金和线上支付，农村线上支付以微信转账为主。电子商务是现代化的必由之路，不分城乡。在一辈子与农作物打交道的农民面前，没干过农活的人是"小白"；而现在电子商务进村了，村里人在这个摸不着的虚拟网络上的交易模式面前和不会干农活的人一样成了"小白"。他们的心里反应大概与我们刚开始用微信钱包功能一样，看着屏幕上显示的数字，明白这数字是钱数，但还是不太相信这是钱，安全感薄弱：这钱会不会被盗或突然消失？有一天系统出现故障，自己的辛苦钱会不会突然说没就没了？您还记得这些顾虑吗？村里人对于电子的东西接受过程也是这样。我提到过在全面建成小康社会的路上要注意"精准"，在这里，

"精准"就要起到作用。中国有一句话说行行出状元,精准地带动一批农民致富的要点就是让各自行业的强者联手合作。如村民干农活最在行,就可以以强项为主,电商达人以应用互联网做生意为主,强强联手。小康社会是一个很有深度的概念。全社会互帮互助,这就是我眼中的小康社会。习近平主席曾说:"小康不小康,关键看老乡。"在朋友的侄女介绍实行乡村电子商务发展的模式时我看到了这一点:在政府的引导下,乡镇吸引了一批城里的"老乡"——电商专家,来协助乡村的"老乡"——电商"小白",二者共同发展,合作共赢。在此"老乡"指的不是老家在同一座城市的人,也许下面这首歌的歌词能表达出我想说的"老乡"的意思:

> 国是我的国,
>
> 家是我的家。
>
> 一心装满国,
>
> 一手撑起家。
>
> 家是最小国,
>
> 国是千万家。

我觉得我们说到小康社会,"老乡"指的是来自或生活在同一个国家的人。我看到了之前没想过的双赢匹配。固有思维是把双赢标配看成企业与企业＝双赢、公司与员工为同一个目标办公＝双赢,而现在我看到了城与乡在准确分工的情况下搭配也是一种双赢。

阜山乡实行消除经济薄弱村的政策，通过向外招商引资，带动资金、技术、人才回归乡村，全力壮大村集体经济。2017年阜山乡就引进外来公司，在乡村建造了黄菊基地和以黄菊为主题的农业公园。黄菊基地为当地村民提供了大量就业岗位，在带动了农业和旅游业发展的同时，还提高了农民收入，把乡村的柴米油盐写成了一首诗。

农村不断注入"强心针"式的新型发展模式，大多数的村民已经掌握了"电子基本功"。部分思想先进的农产品经营者都在努力学习电子商务培训课程，打算通过电商模式销售农产品。村民们在进步。乡村发展逐渐成了当下中国社会的焦点。但电商走进村庄，也给制造假信息的人创造了牟利空间。我和朋友的侄女聊到网购平台打"同情牌"的问题。用微信朋友圈做宣传是微商和电商宣传产品的途径之一。朋友圈的好处在于圈里都是熟人，防备心自然没那么强，对对方所发的内容信任度较高，推销商品的影响力很大。发到朋友圈的信息大致是"果农需要您的帮助！水果滞销，低价出售，大家能买多少买多少，愿有爱心的您可以伸出援手帮果农回收成本"，还配有图片：在散落的水果背景前有满脸皱纹的果农老人家。谁看了都有点心疼，自己朋友发的，想想，应该不是骗人的。有人会支持一下，购买一些水果；有人会转发让更多的人看到信息。

不过好意终归是好意……我们行善举前一定要注意自己的善心是不是用在了对的地方，为真正需要我们的人和事出力。全面建成小康社会，在复兴任务变为美好现实的路上有不可低估的风险与挑战。当然，以上只是个别现象。不盲目支持，兼听则明，偏听则暗。

大业农心

乡村振兴是一篇大文章,在陈皮文化节的舞台上我第一次翻开这篇大文章的序。现代农业发展以"品质(农产品/旅游产品)＋标准＋金融＋互联网"模式为主。我是一个一点商业头脑都没有的姑娘,接触金融领域的机会极少,关于金融业助力乡村发展的新闻关注得也不多。为陈皮文化节开幕式做准备时我看到了一些详细介绍农村金融工作的资料。顺利实施金融扶贫工作要深耕地方特色产业,推出专属产品。实不相瞒,我觉得很难。我再不懂金融,也懂一个道理:在农村融资真难。不过还得看情况。比如说,新会陈皮,名声在外,选择给其产业提供针对性的服务,既可以降低风险,又可以当乡村发展的助手。针对新会陈皮产业,一家银行创新性地推出了新会金融界的"新特产"——"柑树贷"与"陈皮贷",支持本土产业的发展。这两个贷款的名字很有吸引力。也许是因为我的生活中能看到的或听到的最多只有房贷、车贷,所以觉得这两个贷款的名字别致。它们告诉我,农村金融的产融结合的脚步是什么,金融资源配置到农村经济社会发展时要找准结合点与突破点。

  主持人因为工作的性质会接触到各行各业的人。没错,我认识几位金融界的从业者,平时联系得很少,但习惯做好主持功课的我在陈皮文化节前就开始联系他们,打听关于金融界牢记"三农"使命的事,其中有一位朋友热心地和我聊了很多。来自中国东北地区的他专科毕业时想留在大城市,后来因为机缘巧合,来到东北县城工作。他从小就在农村生活,小学、初中、高中都是在老家乡镇的学校度过的,所以毕业后对于去县城工作,去接触农民、农户和农村金融市场没有陌生感。身为金融从业者的他在不同的县城工作了近十年。他说曾工作过的乡镇与他长大的村屯的情况基本差不多。进入2000年后,东北农村的基础建设发展还是很快的,并不是别人印象中那样贫穷与落后。绝大多数村民住的是宽敞的砖瓦房。乡村的公路也是水泥铺路,不是泥泞小路。村屯卫生状况近几年也有了很大的改善,在省会城市周边的部分村屯,有由村委会组织的环卫工人负责村屯卫生。我的这位朋友从县城金融机构的一名员工做起,经过十几年的努力,现在成为机构负责人。一路走来,对农村金融市场他有自己的感受。他说农村金融市场存在的主要问题是乡村金融融资需求不平衡,单一农户很少有融资需求。东北乡村部分农村种粮大户、养殖大户有贷款融资需求,占农村融资大部分份额。

现在各家银行机构都十分重视乡村振兴战略,特别是国有大银行及当地农村商业银行,它们针对农户单户、农业合作社以及其他新型农业主体都推出了很多贷款产品与相应的优惠政策。农村客户与农村市场有着特殊性,如客户分散、规模小、抗风险能力弱、无有效的抵押物等,情况复杂,因此适合城市的融资模式不适合乡村。各家金融机构现阶段仍处在探索阶段,通过不同的投放与管理方式的创新,最终能找到一条与农村市场相适应的发展路径。哪家金融机构能够率先突破瓶颈,真正适应农村市场和客户,就率先成功了。为支持乡村振兴战略,政府成立了专门的农业担保公司。对于一些资金需求大的合作社、农产品种植大户、养殖大户,银行通常倾向于与政府担保公司合作,对贷款需求方共同调查审核,风险共担。朋友对东北乡村发展充满信心,但同时也备感压力。他说东北乡村地方经济相对来说不太活跃,除传统农业外,缺乏新型农业,且第三产业还不够发达,也需要解决劳动力流失的问题。现在乡村振兴战略和打造农村新型经营主体的政策都非常好,但农村人才储备不足,这在一定程度上制约着政策和战略的落地实施。在工作中他还发现,当规模发展到一定程度时,很多农村经营主体管理者的管理能力和自控力跟不上,导致经营失败。这样的例子很多。各家金融机构都在努力,农村客户也在积极对接,但乡村发展项目如何引入高端专业的人才是未来乡村发展的关键。不需要改变乡村,要画点睛之笔。最后,他动情地说:"只有乡村发展了,金融资金才能实现活水效益,与地方经济发展才能相互促进、良性循环。"

机会与挑战并存。在我看来,创新型金融服务与电商走进乡村,意味着乡村发展将会大有起色。乡村振兴把大家的关注点聚焦到了欠发达地区的农村。欠发达地区乡村指集体经济能力不足、农村最低生活保障标准偏低的农村。在乡村主题活动会上,欠发达乡村代表会向大家介绍本地特色农产品。有一年,乡村代表带来了小朋友,为大家表演具有民族特色的节目。一位小朋友在接受采访时说自己的梦想是成为一名主持人。这一刻,我的搭档就把话筒交给了这位小男孩,让他出列和大家说几句试试。幸福来得太突然了。刚才为大家表演民族舞时满怀信心的小朋友突然害羞了,手里拿着话筒看着大家。他想了想开始说话了,发自内心地和大家说自己住的乡村真的很美,说了他的奶奶天天都会做什么……我觉得孩子不太清楚这是什么舞台,为何而来,甚至不知道自己住的地方属于欠发达地区,那一刻他就是想紧握主持人的话筒和大家说说他眼里的美丽家乡。这不是一个设计好的"催泪环节",但却带给观众不一样的感动,因为真,因为纯,因为暖。

欠发达地区乡村的名单不长。但不管它是长还是短,我想让有这样名称的村落从欠发达名单里一一消失,直到这个名称不复存在,这是想让乡村更好的人最强的动力之源。

全面建成小康社会讲究每家每户都实现小康目标,讲究全面。清晰可辨,"欠"字是乡村振兴最突出的短板,去掉它也是最艰巨的任务。乡村美则中国美,乡村兴则中国兴。不知道前面的亮光究竟还有多远,但不畏困苦的实践者为不再有"欠发达"这三个字而步履艰辛地向前走。我想起了2020年年初一位中国医生与新型冠状病毒战斗时说的一句话:"出题的不是我们,但是我们一起去答题。"乡村振兴也是如此,不管企业还是个人,都同心同德。"欠发达"不是他们出的题,但是有农心的他们会一起去答题。

我们对这土地爱得深沉

身边总有种种平凡到自命不凡的故事陪伴着我们。故事每天都发生着,看似平平,人们却在实践梦想时,也成就着一番大事。对于美丽的乡村,我迷恋它的那般广阔、那般诗意与自由奔放的神态,总想把向往的静谧安详和无拘无束寄托在它的身上。以前对乡村脑海里只有过这样的印象与憧憬,而时间久了,深入中国乡村之后的我才悟到原来心仪的地方也有自己的心事。走近了,便知道了其心底的秘密。

"我是中国农村,是当代中国发展中的重要组成部分。很多人常会在我身上寻求内心世界的幸福与归属感,我很开心在你们心目中我是这样的我。我呢,只要你们要,只要我有,我会倾我所能,尽我所有。但其实,我和你们一样,也在寻求最好自己的长征中。说心里话,我很想念我的哥哥——城市,他很优秀,总那么超前。我在努力向他学习,追着他的脚步。我很害怕'常联系,保重'之类的塑料联系,所以我也在努力让我和哥哥之间的来往日益频繁。我最希望能和哥哥一起用我们自身明媚的阳光照亮中国的将来,为此我选择走上乡村振兴之路。我不仅要缩短我和哥哥经济发展的差距,同时我很清楚我要做得更多,要进一步加大乡风文明建设的力度。嗯嗯,我觉得工程不小,压力有点大,但是我有来自全国的很多伙伴们与我齐心协力呢!这么多人帮我走在脱贫攻坚的道路上,我不行谁行?!我可以的!嘿嘿!哥哥会喜欢弟弟我这样的自立之人吧?嘘,别告诉他,我想给他一个惊喜。我需要点时间……就在2020年吧,这一年要是他听到中国已全面建成小康社会,那么他就会明白——我成功了。"

新的旅程,是否出发,其实都在一念之间。乡村出发了,一路走来透着中国全面建成小康社会的光景。中国的强大给乡村的发展带来了底气,为实施乡村振兴战略保驾护航。相信振兴乡村路上的雨淋过前行者多少回,刻在心里的"全面建成小康社会,一个也不能少"的话就浮现过多少次。中国农村迎来日新月异的变化,那些寸步难行的昨日都历历在目。那来之不易的"2020年是全面建成小康社会之年",我们听到了,我们都听到了。

曾问过自己:"乡村振兴,你到底是谁?"我想,我知道答案了。这是全体中国人的大事,唤醒乡村、振兴乡村的大事。在我看来,以"乡村振兴"命名的脱贫攻坚的长征之所以用了"乡"字,而不是"农"字,是因为"乡"承载着中国新农村的精神,是中国乡下的明日,是小康的象征,是农村经济、文化等领域全面变化的象征。"脱贫摘帽不是终点,而是新生活、新奋斗的起点。"没错,路还要走,下一步便是:乡村强,要长久强;乡村兴,要长久兴;乡村美,要长久美。乡村长久美、长久强、长久兴才能使得中国更美、更强、更兴,而护航奋进征程、托举乡村兴旺的美好明天的人除外,以乡土为依的村民本身就是长久发展乡村最不可或缺的力量。最了解乡土的是他们,最知道其心底秘密的也是他们。我相信,城乡交融与长久的携手并行将会让中国迎来最漂亮的今后,遇见中国全面建成小康社会不是梦。

每当要登上舞台,作为主持人的我最不想走到舞台中央,在为主持人贴上的小站位地标上站定后开始说:"美好的时光总是那么短暂。"还剩下了最后几句就要转身向后走去,台上的灯光也就要熄灭了……这么多年来我依旧总是希望最后落幕的那一刻能够定格。今天也是这样的一天,因为我要对您说,时间过得真快,不久前,这本书还在货架上默默地等待被您抱回家,而今天这本书已经被您翻到最后几页了。您看,我们总说时间还有很多,但转眼间,与书"眼神交错"的缘分就要走到尽头了,真快啊!用笔触分享对中国的情,带着您融入中国乡村是我的第一次。我不是一名研究乡村的专家,但书中目光所及,尽在美丽的中国乡野。一起走过了一段跟随我眼中所见、心中所想的旅程之后,就快要到终点站了,我忍不住想问:"跟随安泽的乡村之行,您旅途还愉快吗?"

我们就这样到了最后一页,真的要说再见了。我想了许久:为何要写中国乡村?为何书中美丽的追梦者心神专注地把发展的方向与自己的力量献给中国乡村?我想,原因有且只有一个——因为我们对这片土地爱得深沉。